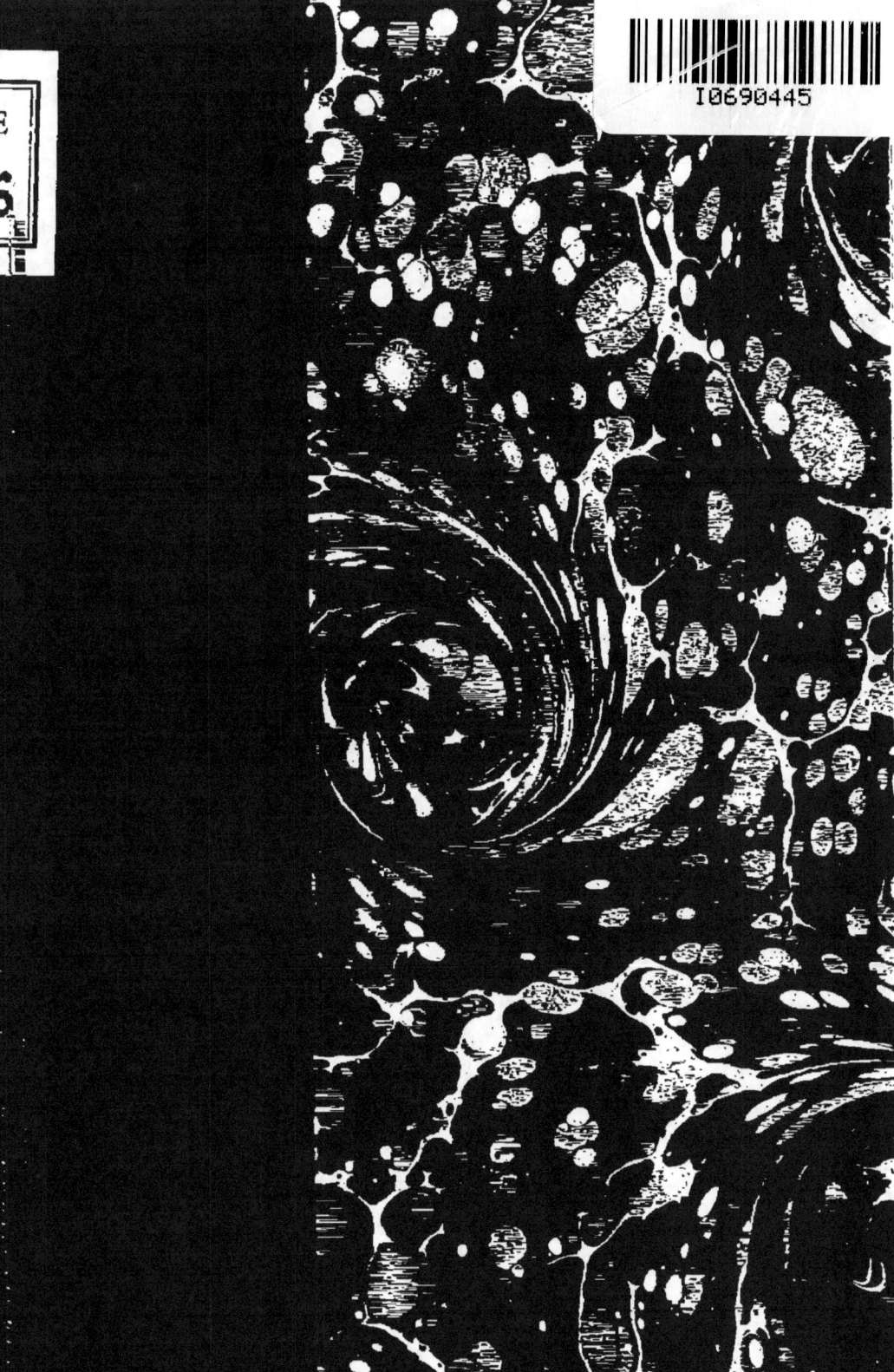

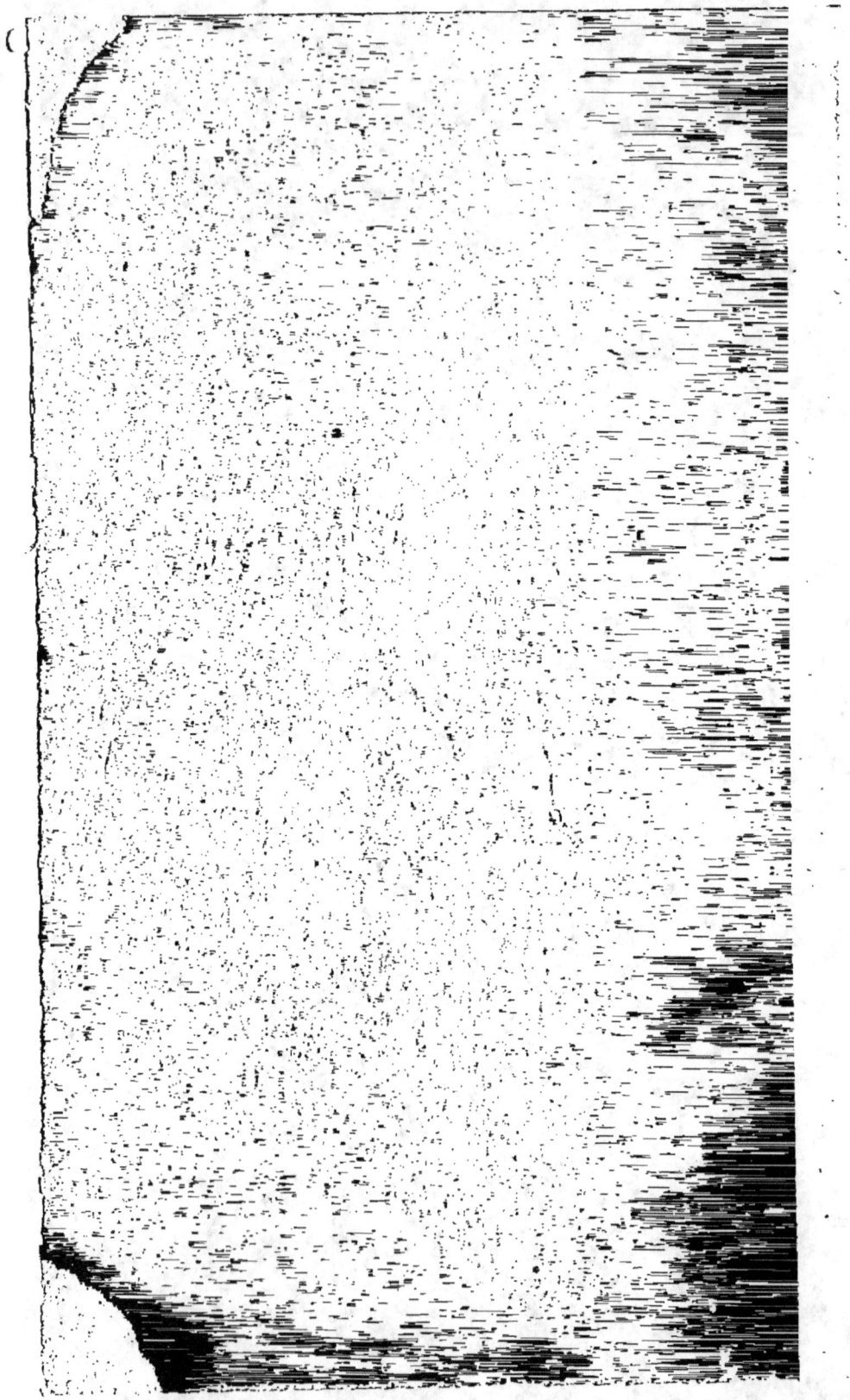

LE TUEUR DE TIGRES.

Y²

NOUVELLES PUBLICATIONS :

(OUVRAGES COMPLETS.)

Les Femmes, par Alphonse Karr, 1 volume.
Les contes de Ch. Dickens, traduits par A. Pichot, 1 volume.
La dernière Bohémienne, par madame Ch. Reybaud, 2 volumes.
La marquise de Rumini, par A. Maurage, 2 volumes.
Mademoiselle de Cardonne, par A. de Gondrecourt, 2 volumes.
Les contes d'Été, par Champfleury, 2 volumes.
Les oies de Noël, par Champfleury, 1 volume.
Sophie Printemps, par Dumas (fils), 2 volumes.
Un Roi de la Mode, par Xavier de Montépin, 2 volumes.
Les Maîtres Sonneurs, par George Sand, 3 volumes.
Un Fils de Famille, par Xavier de Montépin, 2 volumes.
Foyer Breton, par Émile Souvestre, 2 volumes.
Mademoiselle Lucifer, par Xavier de Montépin, 2 volumes.
Voyages en Zigzag, par Topffer, 3 volumes.
Les Prétendants de Catherine, p. A. de Gondrecourt, 4 v.
Mémoires d'un Mari, par Eugène Sue; 3 vol.
Le Club des Hirondelles, par Xavier de Montépin; 3 v.
La Filleule, par Georges Sand; 3 volumes.
Un Grand Comédien, par le Marquis de Foudras; 3 vol.
Marc d'Auteuil, par Charles Paul de Kock; 3 volumes.
L'auberge du soleil d'or, par Xavier de Montépin; 2 v.
Adeline Protat, par Henri Murger; 3 volumes.
Mont-Revêche, par George Sand; 3 volumes.
Gilbert et Gilberte, par Eugène Sue; 6 volumes.
Veau d'or, par Frédéric Soulié; 8 volumes.

SOUS PRESSE :

Les Valets de Cœur, par Xavier de Montépin.
Le Mendiant de Saint-Roch, par Émile Souvestre.
Le Fil d'Ariane, par Xavier de Montépin.
Le baron La Gazette, par A. de Gondrecourt.
Les Étuvistes, par Ch. Paul de Kock.
Un Gentilhomme de grand chemin, par Xavier de Montépin.
Un Monsieur très-tourmenté, par Ch. P. de Kock.
Suzanne d'Estouville, par le marquis de Foudras.
Un drame en Famille, par le marquis de Foudras.

LE
TUEUR DE TIGRES

PAR

PAUL FÉVAL.

1

BRUXELLES,

ALPHONSE LEBÈGUE, IMPRIMEUR-ÉDITEUR,

Rue des Jardins d'Idalie, 1,

Entrée par la rue Notre-Dame-aux-Neiges, 60.

1853

I

Dernier déjeuner.

Le soleil devait briller quelque part au-dessus de cette calotte de brume et de fumée qui coiffe Londres éternellement. On ne le voyait point, mais on le devinait presque. Aux rives de la Tamise, c'est beaucoup. Les badauds s'accostaient en disant : Une joyeuse matinée!

Tout est joyeux ainsi dans la joyeuse Angleterre.

Des maisons rougeâtres s'alignaient autour du square. Le square avait une petite fontaine, une loge couverte en chaume, de beaux arbres aux troncs humides et une

pelouse qui semblait un tapis de velours vert. Le gazon
et les groseilliers triomphent chez nos joyeux voisins. Une
chèvre blanche amusait quatre ou cinq jolies fillettes,
derrière la grille, sous les yeux d'une gouvernante
maigre.

Autrefois, un écrivain soigneux pouvait laver encore,
à propos de Londres et de ses maisons, d'assez vilaines
aquarelles; mais, depuis « la Grande Exhibition, » cette
ressource est morte. Tout le monde connaît la maison
anglaise trapue et carrée, le pont, le perron, les fossés,
la cuisine souterraine et les mystérieuses écuries. Il n'y
a plus rien à faire.

Parmi les maisons du square, il y en avait une qui
portait l'écriteau de location suspendu aux hampes de sa
grille. Cette maison-là semblait s'être éveillée avant les
autres; un homme d'un certain âge et de méchante
mine fumait sa pipe devant la porte. Il levait les yeux
de temps en temps d'un air narquois vers les fenêtres
ouvertes du premier étage.

— Du champagne! grommelait-il; pas le sou! si l'on
avait seulement la chance de trouver un locataire aujourd'hui, pour les mettre coucher dehors!

Au premier étage, c'était une chambre assez vaste,
mais pauvrement meublée. Le tapis déteint montrait la
corde; le lit sans rideaux s'encombrait d'objets de toilette pour les deux sexes et remplaçait l'armoire absente
qui laissait un vide entre les deux fenêtres. Le chapeau

de femme qui était sur la couverture, demi-caché par le revers du mac-intosh, avait dû être très-élégant au commencement de la saison; le mantelet avait des dentelles passables, et les pièces du costume masculin, jetées pêle-mêle depuis l'oreiller jusqu'au pied du lit, ne manquaient pas d'un certain cachet. Il y a des tailleurs qui disent *cachet*, d'autres tailleurs se servent du mot *style*.

Non loin de ce lit sans rideaux, on voyait un secrétaire mignon en bois de rose : c'était comme le dernier reflet d'une prospérité envolée.

— Pas le sou! disait Tom Borne sur le pas de la porte.

Du champagne pourtant! Le jeune M. Christian et la jolie miss Jane déjeunaient au champagne, en tête-à-tête, sur un guéridon où régnait le plus aimable désordre.

A Paris, quand une boutique du boulevard n'est pas louée, un Arabe de haute taille s'y installe aussitôt pour vendre des pralines et du nougat rouge. A Londres, il arrive souvent que la fantaisie des voyages saisit du soir au lendemain une famille tout entière : cela fait des maisons vacantes. M. Christian et miss Jane sont les hôtes transitoires de ces maisons au même titre que l'Arabe de grande taille pour nos boutiques du boulevard. Ils viennent, ils s'en vont, riches ou pauvres suivant le sort, toujours jeunes, toujours amoureux et luttant de leur mieux contre cette tristesse endémique qui pèse sur la ville des brouillards.

Elle était belle, notre Jane; c'était une de ces fières filles des comtés du centre, aux cheveux noirs et aux yeux bleus, à la bouche entr'ouverte par l'éternel sourire. Elle avait dix-huit ans. Christian, son séducteur, car il est bon de poser les choses d'un mot, pouvait passer par tout pays pour un charmant cavalier. Ce Tom Borne, qui leur souhaitait pour oreiller le pavé mouillé de Londres, ne pouvait être qu'un dur coquin.

Jane souriait, montrant les perles de sa bouche; Christian la regardait d'un air pensif :

— A ta santé, Christian! dit Jane.

— Sur les trois mille guinées de feu mon oncle, prononça-t-il lentement, il me reste deux livres ce matin.

Jane choqua son verre contre celui de Christian et y trempa ses lèvres en murmurant :

— Je ne t'ai jamais tant aimé qu'aujourd'hui!

Les épaules de Christian eurent à se soulever une imperceptible tendance.

— Moi aussi, je t'aime, répliqua-t-il du bout des lèvres.

Puis il ajouta en regardant le ciel gris à travers la transparence rosée de son champagne :

— Dis donc! nous les avons mangées encore assez lestement les trois mille guinées de mon oncle!

— Quel voyage adorable! s'écria Jane; l'Italie, l'Allemagne, la France!...

Christian poussa un gros soupir et répéta :

— Hélas, oui! la France, l'Allemagne, l'Italie!... mais nous sommes à Londres!

Jane semblait décidée à garder sa gaillarde humeur.

— Bah! fit-elle, Londres est laid : tu m'y sembles plus beau.

— Mon Dieu, ma Jane chérie, dit Christian dont l'accent devint sérieux, toi aussi tu me sembles chaque jour plus belle... mais il ne me reste que deux livres sterling.

— Est-ce qu'on songe à cela?

— Il le faut bien!

— Fi! Christian, s'écria Jane dont les jolis sourcils se froncèrent tout à coup, vous êtes un homme d'argent.

Christian frappa sur son gousset vide et darda au plafond un regard mélancolique.

— Homme d'argent *in partibus*, alors! soupira-t-il.

Jane repoussa son siége.

— Je m'entends, monsieur, dit-elle; hier, sur le bateau de Richmond, quand on vous a dit que cette petite demoiselle fade et blonde avait dix mille livres de revenu...

— Deux cent cinquante mille francs, argent de France! prononça Christian en aparté avec une sorte de respect.

— Vos yeux se sont allumés, monsieur, continua Jane; le rouge vous a monté au front...

— Quelle folie!

— Et depuis lors vous êtes tout rêveur.

— C'est vous qui rêvez, Jane!

— Non, monsieur, non! s'écria la jeune fille, dont la paupière laissa glisser une larme; allez, je vois bien que vous ne m'aimez plus!

— Je t'en prie, Jane, dit Christian de ce ton que l'on prend pour apaiser les enfants boudeurs, ne gâte pas notre dernier bon déjeuner... mange en paix ce pâté de poisson...

— Je n'ai plus faim.

— Bois ce champagne qui n'est pas payé...

— Je n'ai plus soif! repartit Jane qui tourna le dos.

— Au diable! s'écria le pauvre séducteur; nous ne nous sommes pas querellés une seule fois en mangeant les trois mille guinées de feu mon oncle!

Jane se leva et le regarda de haut en bas.

— Est-ce un reproche? demanda-t-elle fièrement; vous parlez bien souvent des guinées de feu votre oncle! N'avais-je pas un oncle, moi aussi? et mon oncle n'était-il pas plus riche que le vôtre? ne m'aimait-il pas comme sa fille? ne me rendait-il pas bien heureuse? Si vous ne vous étiez pas avisé de m'enlever, monsieur...

Christian fit un geste de découragement.

— Tenez, Jane, dit-il à la jeune fille qui s'accoudait maintenant à l'appui de la croisée, il y a un moyen : si vous voulez, nous allons nous brûler la cervelle au dessert?

D'un bond la charmante créature fut à ses côtés; ses yeux brillaient; le sourire renaissait autour de ses lèvres.

— Mon Christian, prononça-t-elle avec tendresse, parles-tu sérieusement?

— Non, répondit le séducteur sans hésiter.

— Tu vois bien, tu vois bien! s'écria la jeune fille indignée; tu vois bien que tu ne m'aimes plus!

Le front de Christian s'appuyait contre sa main. Il pensait : « Ces choses-là, je les fais tout seul. »

Il s'empara des deux mains de Jane et l'attira sur ses genoux.

— Je t'aime plus que jamais, dit-il. Tu es la plus belle et la meilleure... quand tu ne parles pas de ton oncle ou des petites miss du bateau de Richmond. Je t'aime de tout mon cœur, mais je suis très-inquiet; nous sommes au bout de notre roman, ma pauvre Jane. J'ai bien pensé quelquefois à ton oncle Saunders, le fermier...

— C'est beaucoup de bonté que vous avez eue! interrompit Jane d'un air piqué.

— Mais, poursuivit Christian, si tu retournais à la ferme, il te briserait les côtes à coups de gourdin. Chaque pays a ses mœurs. Dans nos campagnes d'Angleterre, c'est comme cela qu'on fait de la morale aux jeunes filles.

— Quand même mon oncle me recevrait à bras ouverts..., commença la jeune fille.

« A bras raccourcis plutôt! » pensa Christian.

— Écoute, Jane, reprit-il tout haut, demain, nous serons sans asile et sans pain. Mes créanciers impitoyables...

Jane lui jeta ses deux bras autour du cou et se mit à baiser ses cheveux.

— Mon cher Christian! soupira-t-elle redevenue tout à coup langoureuse, dis-moi encore que tu m'aimes!

Le séducteur secoua la tête et prononça dramatiquement :

— A Londres, pauvre enfant, sais-tu ce que c'est que la misère?

Jane frappa du pied, puis elle éclata de rire.

— Tu me fais pitié, dit-elle.

— C'est pour toi que j'ai peur...; voulut continuer Christian.

—Tais-toi, interrompit Jane avec un suprême dédain; tu ne veux ni vivre ni mourir, tu ne sais que trembler. Est-ce de l'argent qu'il te faut?

— De l'argent! répéta Christian étonné; as-tu de l'argent?

— Le frère de mon oncle Saunders est riche comme Crésus. Il demeure dans Pall-Mall, à deux pas d'ici. Autrefois il m'aimait plus que la prunelle de ses yeux... Veux-tu que j'aille le voir?

Christian ne répondit pas tout de suite; sa tristesse augmentait; il songeait à part lui :

« Ce sera une ressource pour elle.»

— Le veux-tu? répéta Jane avec impatience.

— Eh bien, répliqua le séducteur en baissant la tête, c'est peut-être une bonne idée, cela. Va voir ton parent de Pall-Mall.

Jane mettait déjà son châle et son chapeau.

— Les hommes se noient dans un verre d'eau! disait-elle gaiement; pas d'argent! ne voilà-t-il pas une belle affaire!

— Que vas-tu lui conter, à ton parent? demanda Christian.

— Je n'en sais rien, répliqua Jane dont la toilette était achevée; ce que je sais, c'est que nous allons être riches encore pendant quinze jours au moins, peut-être pour trois semaines... M'aimera-t-on? ajouta-t-elle en inclinant son front pour réclamer le baiser d'adieu.

— Oui, répondit Christian qui la pressa involontairement contre son cœur, on t'aimera!

Jane ne prit point garde à l'émotion qui tremblait sous ces paroles; elle sortit en riant et cria du dehors :

— Bon courage! à bientôt!

Christian se mit à la fenêtre; il vit Jane, légère et gracieuse, franchir le perron en deux sauts et saluer Tom Borne d'un gai signe de tête. Tom Borne ôta sa pipe de sa bouche et fit mine de soulever sa casquette. Christian l'entendit qui disait :

— Si elle s'en va, c'est qu'il n'y a plus rien!

Il eut froid dans les veines.

— Pauvre fille! murmura-t-il en se dirigeant vers le petit secrétaire en bois de rose; qui sait? Peut-être tombera-t-elle jusque-là!

Il ouvrit le secrétaire et y prit une paire de pistolets.

— A bientôt! pensa-t-il tout haut, comme si la dernière parole de Jane eût résonné encore à son oreille; dévouée, noble de cœur, aimante... une vie que j'ai brisée!

Il déposa les deux pistolets sur la table et retourna vers le secrétaire où il prit encore un encrier, du papier et une plume. Il rangea le tout auprès des pistolets et se rassit.

— Je vais copier comme un autre, dit-il en souriant amèrement, cette stupide formule : « Quand vous lirez ces lignes, j'aurai cessé d'exister... »

Il trempa la plume dans l'écritoire et disposa le cahier de papier à lettre. Mais, au lieu d'écrire, il prit tour à tour chacun des pistolets, en fit jouer les batteries et en examina les capsules. Puis encore, il repoussa le tout d'un geste plein de fatigue et se croisa les bras sur la poitrine.

— Assurément, dit-il, derrière sa pétulance fantasque et folle il y a plus d'honneur et plus de cœur que chez une demi-douzaine de Lucrèces! candeur d'enfant, intelligence de premier ordre... J'ai le temps! s'interrompit-il en tournant vers les pistolets armés un regard de mauvaise humeur.

Son verre était à demi plein, il le but. Deux fois de suite il l'emplit et le vida; une troisième fois il voulut se verser à boire, la bouteille ne contenait plus rien.

— C'est fini! s'écria-t-il sans faire allusion au flacon de champagne; tout est dit. Ah! ah! messieurs les étourneaux, allez donc enlever des jeunes filles!

Il trempa encore sa plume dans l'encre, et au moment d'écrire il la déposa de nouveau en répétant :

— Que diable, j'ai le temps! Comme elle était délicieusement jolie cette Jane! reprit-il en se renversant sur le dossier de son fauteuil; si c'était à recommencer, serais-je plus sage? C'est grande pitié qu'on ne puisse pas vivre d'amour!

Machinalement ses mains jouaient avec les pistolets. Il se leva tout à coup et se mit à parcourir la chambre à grands pas.

— La petite miss du bateau de Richmond! prononça-t-il avec agitation, la fille du commodore Davidson... le millionnaire!... celui qui l'épousera sera un homme heureux, voilà tout!

Sans le savoir, il prit la bouteille vide pour se verser une rasade, et répéta, incapable de saisir le côté comique de la situation :

— C'est fini! bien fini! En somme, j'aime mieux ces nuages gris de Londres pour la dernière heure que l'azur profond du beau ciel d'Italie ou que le gai soleil de France. Ma foi, j'ai vécu! Et, sans reproche, cette Jane m'a coûté les yeux de la tête. Miss Amy Davidson est tout aussi jolie qu'elle au fond... et même... Mais ce moyen de la retrouver ! Et puis le père... Bah ! s'interrompit-il en marchant résolûment vers la table, quand on a vidé la coupe jusqu'à la dernière goutte...

Mais au lieu de saisir les pistolets comme l'accent de ces dernières paroles semblait le promettre, il s'acharna dans sa distraction contre la bouteille vide et tenta encore une fois de se verser à boire.

Un gros rire se fit entendre du côté de la porte et une voix railleuse murmura :

— C'est fini !

Christian tressaillit et se retourna. Tom Borne était debout sur le seuil.

— Que fais-tu là, toi ? s'écria le jeune homme en colère ; tu m'épiais !...

Tom Borne haussa les épaules.

— Peuh ! fit-il dédaigneusement, vous épier, vous ! Si vous étiez riche, à la bonne heure !

Tom Borne portait un costume hybride qui tenait du laquais et du marin. Il avait à plein nez l'accent de Jersey. Les Jersiens sont les bas Normands de l'Angleterre. Tom Borne était large de carrure, bas sur jambes, et portait sous sa casquette des cheveux rouges, plats. Sa casquette et sa pipe faisaient réellement partie de son individu.

C'était Tom Borne qui avait loué à Christian et à Jane

la maison d'abord tout entière, et, en ce temps-là, Tom Borne était un homme poli. Au bout de quinze jours, Jane, voulant faire des économies, avait réduit sa location au premier étage et fait rétablir l'écriteau. Durant la quinzaine suivante, on avait vendu des meubles. Au bout du mois, Christian et Jane, restreignant leurs frontières, durent se contenter de la petite chambre où nous avons vu leur dernier déjeuner.

La politesse de Tom Borne s'était amoindrie dans les mêmes proportions que le logement de nos amoureux.

Maintenant que Christian et Jane étaient dans cette maison à louer, comme l'oiseau sur la branche, Tom Borne n'espérait plus rien d'eux et les prisait plus bas que la poussière de ses guêtres.

— Que veux-tu? lui demanda Christian avec menace.

— Je veux vous dire, répondit Tom sans s'émouvoir, que je suis en train de louer la maison, y compris votre chambre, à quelqu'un de comme il faut. Un vrai gentleman, celui-là! Il demande à voir votre appartement.

— C'est intolérable! gronda Christian.

Tom se mit à rire.

— Demain, dit-il, si vous couchez dans la rue, vous n'éprouverez pas de ces inconvénients-là.

— Drôle! s'écria Christian.

— Après?... fit Tom Borne qui carra ses vastes épaules.

Christian se ravisa.

— Fais entrer, dit-il, et qu'on se dépêche!

Tom Borne souleva sa casquette au moins de deux doigts, ce qui était un événement.

— Si milord et milady veulent prendre la peine d'entrer..., dit-il en s'effaçant.

Christian s'était tourné du côté de la muraille pour cacher sa figure; il se disait en prenant sa plume, cette fois pour tout de bon :

— Écrivons notre billet de faire part. Pauvre Jane! elle va bien pleurer!

Un gentleman de cinq pieds huit pouces, portant un binocle d'or à cheval sur un long nez busqué, passa le seuil. Ce gentleman avait le chapeau sur la tête comme tout Anglais bien élevé; ses favoris d'un blond ardent formaient l'éventail des deux côtés de ses joues maigres et osseuses. Il y avait du don Quichotte chez cet homme-là. Sa figure honnête et loyale ne manquait pas d'intelligence, mais on y devinait je ne sais quelle préoccupation à la fois puérile et profonde.

Son costume était, de toutes pièces, à la dernière mode des sectateurs de Courtenay. Nous aurons des renseignements complets sur ce Courtenay. Carrick de poche à simple collet sur une redingote démesurément longue de taille; pantalon Lewis étroit et court, à fente; brodequins Filowski en caoutchouc: chapeau-casquette, inventé la semaine précédente par le propre fournisseur du prince Albert, *by patent.*

Le gentleman entra en disant à sa compagne :

— Vous trouvez la couleur de ces gants trop hardie ?
Cela ne m'étonne pas ; je suis original jusque dans ces
détails. Voyez le corbin de mon stick : il représente un
bec de canard. Le pauvre Courtenay en était bien jaloux.

La compagne du gentleman l'écoutait avec beaucoup
de complaisance et lui souriait d'un air affectueux. C'é-
tait la vignette anglaise la plus mignonne et la mieux
réussie que l'on pût voir. Il faudrait revenir au lis et à
la rose pour donner une idée des délicatesses de son
teint; ses grands yeux d'azur avaient une douceur timide
et brillaient aux reflets de ses merveilleux cheveux d'or.
Je ne sais pourquoi il n'y avait point de fadeur dans ce
doux ensemble. C'était bien pourtant cette beauté d'outre-
Manche qu'on a coutume de trouver fade dans son en-
nuyeuse perfection; mais ici, pas l'ombre de la gaucherie
prétentieuse, pas la moindre apparence de gourme ou
d'apprêt, une simplicité presque enfantine et cette chère
bonté qui est, par tous pays, la séduction suprême.

— Voilà, milord ! dit Tom Borne, en montrant la
chambre d'un geste de cicérone.

— Nous allons gêner le gentleman, mon père, murmura la jeune fille qui avait aperçu Christian du premier
coup d'œil.

Christian se courba sur sa lettre.

— Oh ! fit Tom Borne du haut de sa grandeur, ce n'est
pas un gentleman. Il est ruiné.

Milord examinait les êtres de l'appartement.

— Pauvre jeune homme ! pensait la blonde miss dans son âme compatissante.

Christian fit un mouvement qui montra, durant une seconde, le contour de son profil perdu ; la jolie jeune fille eut un tressaillement et devint toute pâle, puis ses longs cils se baissèrent, tandis qu'un rose plus vif montait à sa joue.

— C'est lui ! murmura-t-elle.

Le gentleman si remarquable par son élégance avait nom Robert Davidson, K. P., commodore au service de Sa Majesté Britannique. La charmante vignette anglaise était sa fille, miss Amy Davidson, héritière unique de dix mille livres sterling de revenu.

—

II

Miss Jane.

Il y avait une belle ferme entre Ashborn et Tideswell, dans le comté de Derby; les prairies, tondues par ces bestiaux géants qui sont la gloire et la richesse de l'Angleterre, descendaient du pied des montagnes jusqu'au cours paisible de la Derwent. La ferme appartenait à Saunders, de Newcastle, novateur en fait de charrues, lauréat pour les moutons et les bœufs dans une foule de concours, et célèbre par toutes les foires du Desbyshire pour la pesanteur de son gourdin.

Une ferme du centre en Angleterre vaut mieux qu'un de nos manoirs de Bretagne et même de Normandie. Il y avait des pauvres gens qui donnaient à Saunders le titre de squire, et tout le monde appelait sa nièce « miss Jane. »

Miss Jane était la coqueluche des dandys campagnards à dix lieues à la ronde; elle avait un piano dans sa chambrette, meublée de neuf, et on lui faisait venir de la musique de Londres. Miss Jane allait à la promenade sur un poney de Clare qui était un bijou; elle avait été deux fois reine des bouquets à la fête de Chapel-in-Frith, dans la montagne.

L'oncle Saunders disait que miss Jane épouserait un fermier comme lui, ou qu'on verrait bien! Quand il parlait des jeunes squires du voisinage, dont les trotteurs suivaient de trop près, à son gré, le poney de miss Jane il avait toujours un regard pour son gourdin fidèle.

Il adorait miss Jane, et miss Jane, en conscience, méritait de tous points. C'était la fée rieuse des vertes prairies de la Derwent; c'était la belle reine des fêtes villageoises, et il n'y avait point de bonne gaieté sans elle.

En vérité, miss Jane, pour garder sa vertu, n'avait pas besoin du patriarcal gourdin de son oncle. Les jeunes squires perdaient leur peine à soupirer pour l'amour d'elle. Toujours alerte, toujours joyeuse, miss Jane se veillait en chantant, le matin, et s'endormait le soir dans un sourire.

A deux lieues d'Ashborn, sur un petit affluent de la Trent, s'élevait un riant cottage dont les murailles blanches se cachaient derrière un bouquet de grands chênes. Un vieillard vivait seul dans cette retraite. C'était un singulier personnage qui n'entretenait guère de relations avec ses voisins et qui consacrait toutes ses ressources à l'éducation d'un sien neveu, voyageant sur le continent. Le bonhomme mourut : le cottage resta solitaire durant quelques semaines; puis on vit les persiennes vertes se rouvrir, et l'on parla du nouveau propriétaire : le neveu, un beau jeune homme qui déjà songeait à vendre l'héritage du vieil oncle.

Il se nommait Christian, le neveu, Christian tout court. Il avait un fringant cheval noir qui faisait l'admiration des jeunes squires, et dès l'abord, ce bel animal prit la manie de suivre la piste du poney de miss Jane. Saunders de Newcastle fit plus d'une fois la grimace en serrant le manche de son gourdin. Les fillettes du pays lançaient à miss Jane des regards sournois et demandaient où s'était enfui son sourire.

On avait eu déjà le temps d'oublier sa chanson.

Pauvre miss Jane! des yeux jaloux l'avaient vue pleurer sous les saules, au bord de la Derwent.

Un soir, avant de se coucher, elle embrassa l'oncle Saunders plus tendrement que de coutume; l'oncle Saunders la trouva toute pâle et se dit : « Demain, je l'interrogerai. »

Depuis deux grandes semaines, l'oncle Saunders re-
mettait ainsi de jour en jour à l'interroger.

Miss Jane gagna sa chambre, et son piano resta muet.
Il se trouva que, la veille, Christian avait vendu comptant l'héritage de son oncle, pour la somme de trois mille
guinées. Le lendemain, il était trop tard pour interroger
miss Jane; sa chambre était vide, ainsi que le gentil cottage caché parmi les grands chênes.

Le vieux Saunders prit le deuil tout comme Douglas la
Main-de-Fer, quand sa fille, Anne-Marie, s'enfuit avec le
lord des Iles.

Jane lui écrivit de Londres pour lui dire que Christian l'épouserait. Christian l'avait promis. L'oncle Saunders vit sur le papier de la lettre des taches rondes et
boursouflées. Il ne se souvenait point d'avoir jamais
pleuré, même quand mistress Saunders, sa femme, s'en
était allée dans un meilleur monde. Il froissa la lettre et
ouvrit ses yeux tout grands, parce qu'il sentait des larmes
brûler au dedans de ses paupières. Il descendit à la
prairie; il regarda ses bœufs et vit bien qu'il ne les
aimait plus.

Quand il rentra, la maison lui sembla changée; il y
avait partout trop de place. Jane, l'ingrate enfant, avait
laissé le vide derrière elle.

Saunders partit pour Londres, son gourdin sous le
bras. Il revint une semaine après et fit condamner la
porte de la belle petite chambre de Jane. Il caressa ses

œufs de bon cœur et dit : « Voilà de vrais amis ! »

Aussi, le fermier Saunders en menait-il une paire de temps à autre à l'abattoir.

Personne ne lui parla de miss Jane, à cause du gourdin.

Christian et miss Jane couraient cependant le continent. Ils s'aimaient à la folie tous les deux, et leur voyage n'était qu'une longue suite d'enchantements. Christian n'aurait pas mieux demandé que d'épouser Jane, mais le moyen? Il fut convenu qu'on passerait à Gretna-Green au retour.

Le forgeron de Gretna-Green vivait encore.

Ceci une fois établi, on n'y pensa plus guère, et l'on ne s'occupa qu'à mener bonne vie à Paris, à Naples, à Vienne, partout où la bonne vie se mène.

Quand ils eurent dépensé deux mille cinq cents guinées, Jane, qui devenait raisonnable, dit :

— Il est temps de partir pour Gretna-Green, car nous n'avons pas trop pour faire la route.

Cinq cents guinées pour se rendre des bords du Rhin à la frontière d'Écosse, cela semble suffisant au premier aspect; cependant miss Jane et Christian ne purent jamais aller jusqu'à Londres. Jane était lasse en arrivant; Christian lui accorda quelques jours de repos. Il rencontra dans Saint-James-Park un compagnon de voyage qui le mena au club; Christian gagna, et l'idée lui vint de faire sa fortune avant d'aller à Gretna-Green.

Jane était toujours de l'avis de Christian, quand il ne doutait de rien. On loua la maison d'occasion que Tom Borne était chargé de faire valoir. Christian perdit, le lendemain; le surlendemain, il apprit l'art dangereux et facile de signer des lettres de change. La guerre qu'il engagea contre le sort fut courte et dépourvue d'incidents brillants; sa décadence dura six semaines, pendant lesquelles il perdit son terrain pied à pied dans la maison de Tom Borne.

La veille du jour où nous rencontrons miss Jane et Christian, ces deux parfaits amants, jouant de leur reste, étaient allés respirer l'air pur sous les beaux ombrages de Richmond; le nom de Gretna-Green avait encore été prononcé, mais avec mélancolie et comme on parle des Eldorados fabuleux. Au retour, sur le paquebot, pour la première fois depuis son départ de la ferme, miss Jane avait éprouvé un véritable serrement de cœur qui n'avait point trait au souvenir de son brave oncle Saunders. La cause innocente de ce premier chagrin de miss Jane était la vignette anglaise, miss Amy Davidson, avec sa radieuse chevelure blonde et ses dix mille livres sterling de revenu en expectative. Christian, dans le monologue obligé qui précède tout suicide, nous a dit quelques mots de miss Jane; mais Christian peut paraître un juge partial, et nous éprouvons le besoin d'affirmer sérieusement que miss Jane valait son pesant d'or.

C'était une fille honnête, malgré sa faute, et profondé-

nent dévouée, malgré son ingratitude apparente envers
e fermier Saunders. Elle avait été égarée par sa jeunesse
t entraînée par la vaillance même de sa nature. Ce petit
rain de romanesque folie qui existe à un moment donné
lans l'imagination de toutes les jeunes Anglaises avait
ait le reste. Ce qui entourait miss Jane, là-bas, dans le
omté de Derby, lui plaisait, sauf les jeunes squires. Les
eunes squires l'impatientaient à tel point que Christian
ui était apparu comme un héros de poëme épique ; elle
'avait aimé de toute la haine enfantine qu'elle prodiguait
i ses fastidieux persécuteurs.

Comme on le voit, le gourdin de Saunders ne se trom-
)ait point trop quand il se sentait attiré vers les épaules
les jeunes squires.

Jane s'était enfuie de la ferme par la crainte exagérée
[u'elle avait de son oncle. Dans le premier moment, elle
ie croyait faire qu'une très-courte absence, le temps de
e marier à la mode écossaise et de revenir solliciter son
)ardon humblement.

Les choses avaient tourné d'une autre manière, et
)eut-être miss Jane n'avait-elle point résisté comme elle
'aurait pu ; mais le tourbillon l'avait prise irrésistible-
nent ; Christian, à ces premières heures d'amour, était
)our elle un dieu. Suivre en tout la volonté de Christian,
:'était la loi, et comme Christian lui donnait le paradis
sur la terre, demander davantage lui eût paru démence
)u ingratitude.

Le temps n'avait point affaibli la tendresse que miss Jane portait à Christian. Nous aurons peint cette tendresse excessive d'un mot, quand nous aurons dit que miss Jane ne s'était jamais avoué qu'elle était supérieure en tout à son amant.

Et voilà que tout à coup, à l'aspect de cette blonde fille du commodore, elle avait surpris dans les yeux de son Christian une ambition, sinon un amour; un regret, sinon un désir. Elle fut jalouse; son cœur se révolta contre cette inconnue qui, sans même le vouloir, lui prenait son bonheur. Dès ce premier moment, elle détesta miss Amy Davidson du fond de l'âme.

Et pendant toute la matinée du lendemain, remarquons bien ce fait, le nom de Gretna-Green ne fut pas prononcé par miss Jane, qui avait son idée pourtant, et qui n'eût certes point pris le courage d'affronter son parent de Bond-Street, si la pensée de Gretna-Green ne l'eût soutenue.

Il fallait en finir, à cette heure ou jamais. Jane le sentait, et Jane aimait comme au premier jour.

— Savez-vous ce que c'est qu'un excentrique, vous? demanda brusquement le commodore à Tom Borne, qui allait commencer l'explication des lieux.

Tom Borne le regarda de travers, et le commodore fut enchanté.

— Je vous demande, répéta-t-il avec complaisance, si vous savez ce que c'est qu'un excentrique, vous?

— Non, répondit Tom.

Le commodore fourra ses doigts dans l'entournure de on gilet.

— Eh bien! dit-il en avançant le cou, regardez-moi, ous saurez ce que c'est qu'un excentrique!

— Alors, vous êtes un excentrique, milord? dit Tom orne d'un air à la fois humble et narquois.

— Manifestement, répliqua le commodore, qui se reressa de son haut.

— Peste! fit Tom Borne, incapable de brider son inlence, c'est curieux à voir un excentrique!

Le commodore se frotta les mains et murmura :

— Hé, hé... hé, hé! nous ne faisons rien comme les utres!

Puis il ajouta en regardant Tom par-dessus l'épaule :

— L'homme, j'étais l'ami de Courtenay.

— Pas possible, milord!

— Est-ce que vous l'avez connu? demanda vivement l. Davidson.

— J'ai connu un Curtney, repartit Tom, qui portait du harbon sous Blackfriars.

— Je dis : Courtenay! sir William Courtenay! le lion es lions! s'écria le commodore en s'échauffant.

— Mon père, interrompit Amy, qui se tenait le plus in possible de Christian, vous oubliez que nous sommes i pour voir l'appartement.

Elle semblait craindre que sa voix n'arrivât jusqu'au

jeune homme, dont la plume courait et grinçait sur le papier; mais celui-ci n'avait garde d'entendre : il était tout entier et de bonne foi à sa suprême affaire.

— Laissez, miss! dit le commodore solennellement; vous voyez bien que je parle de Courtenay... le successeur légitime de Brummel, ajouta-t-il en se tournant vers Tom Borne, qui donnait de sourdes marques d'impatience. Je pense que vous avez connu Brummel, mon garçon?

— Non, milord.

— Brummel, dit M. Davidson avec un geste confidentiel, était le seul homme, ici-bas, qui sût mettre décemment sa chemise.

— Oh! fit Amy scandalisée, mon père!

— Laissez, miss! vous savez bien que je suis un original..... Mon garçon, les gens qui ne sont pas au fait parlent à tort et à travers de la cravate de Brummel. C'était pour la chemise qu'il avait une incontestable supériorité. Courtenay, lui, ne savait pas mettre sa chemise, mais il mangeait facilement cinquante douzaines d'huîtres sans boire.

— Voyez-vous ça! dit Tom Borne; sans boire!

Christian poussa un gros soupir. Il avait achevé sa lettre de faire part et se mit à la plier.

— Moi qui vous parle, continuait le commodore, j'avais le gantier de Courtenay, j'avais le tailleur de Courtenay. C'est un fait! J'avais son bottier, son sellier, son

pissier, son bijoutier, et même son pharmacien. Miss
avidson, vous pouvez vous dispenser d'écouter cela.
h! ah! l'homme, vous verrez, je ne fais rien comme les
tres! Pour revenir à Courtenay, mort sur la brèche,
rdieu! en tenant, contre Waterford, le pari de manger
ixante-et-quinze douzaines d'huîtres vertes.

Tom Borne ouvrit de grands yeux, et le commodore
a son chapeau avec un religieux respect pour ajouter
un ton grave et pénétré :

— Mort à la soixante—et—treizième douzaine !

Christian venait de mettre un beau cachet de cire noire
sa lettre. Miss Amy, qui était sur les épines, toucha le
ras de son père.

— Je vous en prie, monsieur, murmura-t-elle, ayez
gard à la position de ce jeune gentleman...

Christian écoutait, cette fois. Il comprit parfaitement
u'on parlait de lui. Pendant que le commodore assurait
on binocle sur son nez étroit pour le considérer, Chris-
ian se retourna tout doucement, et son regard croisa
elui de la blonde Amy. Il tressaillit et baissa les yeux
'un air confus, tandis que la jeune fille se glissait der-
ière son père.

— Je ne vois pas pourquoi notre présence gênerait le
gentleman, dit Robert Davidson à haute et intelligible
voix; mais puisque vous êtes pressée, miss, examinons la
chambre.

— Milord, s'écria Tom aussitôt, prenez la peine de

voir. C'est carré... joli papier... bonne cheminée... vue agréable sur le square !...

Je ferai changer tout cela, grommelait Robert Davidson; mon intelligence travaille.

— Votre Seigneurie fera ce qu'elle voudra... mais demain la chambre aura un tout autre aspect, parce qu'on aura balayé ce jeune monsieur et ses vieux meubles.

Amy jeta sur Tom Borne un regard de véritable indignation. Le pauvre Christian courba la tête pour cacher la rougeur de son front.

— Avez-vous entendu le capitaine Drayton parler sur le paupérisme à la chambre des communes? demanda le commodore, qui prit tout à coup une pose d'orateur et se mit à déclamer. La misère, messieurs! la misère est l'hydre aux cent têtes!... ou bien, comme dit lady Bridgeton dans son dernier dithyrambe, la misère est la plaie incurable et saignante... Connaissez-vous lady Bridgeton?

— Pas du tout, milord, répliqua Tom qui haussa, ma foi, les épaules.

— Lady Desdemone Bridgeton, continua le commodore en appuyant sur chaque syllabe de ce nom véritablement fashionable, l'auteur de *David Rizzio*, la tragédie à la mode. C'est tout simplement une femme de génie, mon bon. Je donnerais à l'instant même cent guinées pour avoir l'avantage de lui être présenté... Bien, miss, fort bien! s'interrompit-il en se tournant vers sa fille qui cherchait à l'entraîner. Je crois que je n'ai rien dit de choquant. Quant à faire quoi que ce soit au monde comme les autres, cela m'est impossible, et vous le savez bien. Je vais de ce pas chez Carter essayer un attelage étonnant, tout pareil à celui du comte de Chesterfield... venez, miss... L'homme, je retiens cette maison.

— Et vous n'en serez pas fâché, milord, dit Tom qui se frotta les mains.

Amy glissa un regard de compassion vers Christian, toujours immobile comme une statue. On allait le chasser. C'était un bien beau jeune homme, et il avait décoché de si galantes œillades à miss Amy sur le bateau de Richmond !

La blonde Amy suivit à regret son père qui disait sur le carré à Tom Borne :

— Vous verrez, mon cher garçon, je meublerai tout cela comme l'hôtel du duc de Buccleuch, dans Pimlico. C'est chez moi un parti pris de n'imiter personne !

La voix de tête de Robert Davidson se perdit dans l'escalier, et Christian put entendre bientôt sa voiture rouler sur le pavé du square.

Il se leva lentement et resta planté devant la table, en homme écrasé par ses réflexions.

— Elle m'a reconnu ! pensa-t-il tout haut ; j'en suis sûr. Et dans quel état me suis-je montré à ses yeux ? Ce scélérat de Tom faisait les honneurs de ma misère avec un aplomb !...

Il secoua la tête et repoussa son siége d'un vigoureux coup de pied.

— Après tout, que m'importe cela? dit-il en prenant sur la table sa lettre cachetée de noir.

Il la contempla durant une seconde, puis un sourire vint errer autour de ses lèvres.

— Non! fit-il, c'est qu'il n'y a pas à dire, elle est décidément charmante, cette jeune fille!.... charmante!.... et ce commodore vous a une sainte odeur de livres sterling! voilà qui ferait un vrai beau-père!... Ah çà, j'étouffe, moi! s'interrompit-il en défaisant le nœud de sa cravate; ce bonhomme est venu gâter ma dernière heure! Brummel! prononça-t-il avec envie, Courtenay! des heureux! Quand je pense que je n'étais bon qu'à cela sur la terre, moi, avoir beaucoup d'argent et le dépenser grand train. C'était une vocation irrésistible!

Il avança les mains vers les pistolets et les arma l'un après l'autre. Il mit la lettre à l'adresse de Jane en évidence sur le coin de la table. Il était un peu pâle, mais son regard brillait.

Comme il serrait la crosse de son pistolet pour le porter à son front, un bruit se fit du côté de la porte.

— Encore toi, maître maraud! s'écria Christian avec colère, en voyant Tom Borne sur le seuil.

— Je viens vous annoncer une autre visite, dit Tom qui le regardait effrontément.

Christian avait fait disparaître les pistolets sous les revers de sa redingote.

— Je ne reçois pas, répliqua-t-il.

— Oh! fit Tom Borne sans perdre son intolérable sourire, ces messieurs se passeront de votre permission. Ce sont des recors. Ils viennent chercher votre mobilier, dûment saisi à la requête de MM. Carter, marchand de chevaux; Lewis, tailleur; Filowski, bottier; Staunton, gantier, et consorts.

Christian reprit son siége.

— C'est pourtant vrai, murmura-t-il, j'ai eu des voitures, des chevaux...

Il regarda ses pieds mal chaussés en achevant d'un accent mélancolique :

— Et des bottes !

Trois ou quatre visages de mauvais augure parurent à la porte.

— Faites vite! leur dit Christian, j'ai besoin d'être seul.

Tom Borne et les recors se mirent à rire.

— Ma foi, dit le principal recors, qui avait inventorié le mobilier d'un coup d'œil, ça ne peut pas être bien long.

— Pouvez-vous emporter cela tout de suite? demanda Christian.

— Si vous y consentez ?

— J'y consens.

Tom Borne, nature obligeante, aida les recors à déménager la chambre. Chaque fois qu'on enlevait un meuble, Christian se disait philosophiquement : « Je n'en ai plus besoin. »

Il était accoudé sur la table. Un recors le pria de se relever, tandis qu'un autre l'engageait poliment à vider la chaise qu'il allait emporter.

Christian fronça le sourcil.

— Ne pouvez-vous me laisser cela? demanda-t-il.

— La loi n'accorde qu'un lit au débiteur, répondit le recors ; vous pourrez vous asseoir sur le matelas.

— Et si je vous proposais d'échanger mon lit contre cette table et cette chaise? insista Christian.

— Mauvais marché! murmura Tom Borne.

— Accepté! s'écrièrent les recors qui s'emparèrent du lit.

— Alors, dit Christian, il n'y a plus rien ici pour vous, allez au diable!

La chambre était absolument nue et présentait un aspect désolé; un nuage descendit sur le front du pauvre Christian, aucune amertume n'était épargnée à son agonie.

— Maintenant, lui dit Tom, quand vous voudrez déguerpir, ça nous obligera, car il faut le temps de faire le nettoyage.

Le malheureux séducteur laissa tomber ses bras le long de ses flancs.

— Ce coquin a un cœur de bronze! murmura-t-il. Dis donc, ajouta-t-il en jouant l'indifférence, est-ce que tu connais le gentleman qui va prendre l'hôtel?

— Je sais qu'il a dix mille livres sterling de revenu, répliqua Tom Borne.

— Bonté du ciel! pensa Christian, c'est donc bien vrai! Elle est fort belle sa fille, reprit-il tout haut.

— Vous avez donc des yeux derrière la tête si vous l'avez vue? Elle n'est pas mal..... mais moi, j'aimerais mieux la petite Jane votre maîtresse.

— Comment, drôle! s'écria Christian indigné, la petite Jane!

— Affaire de goût, répliqua Tom Borne froidement; quant à miss Davidson, elle a un fiancé bien gentil, allez!

— Ah! fit Christian, qui se rapprocha curieusement, elle a un fiancé?

— Sir Edgard Lindsay, répliqua Tom Borne, un gentilhomme de vingt-deux ans, riche, brave, spirituel...

— Elle l'aime? demanda Christian, dont la voix trembla malgré lui.

Tom Borne le regarda en face.

— A dire vrai, je crois qu'elle en est folle, répondit-il; mais si vous lui offriez votre cœur, votre table et votre chaise, cela pourrait bien la faire réfléchir, monsieur Christian.

III

Mac-Aulay pour toujours!!!

Robert Davidson, commodore de la marine anglaise, était non-seulement K. P. *, mais encore F. A. S. **, ce qui ne l'empêchait point d'être aussi M. S. A. ***.

Dans l'Almanach du Gentry, pour l'année 1845, il y avait un très-long article sur le commodore Davidson.

* Knight of St-Patrick.
** Fellow of the Society of antiquaries.
*** Membre de la Société des arts.

Cet article, rédigé avec soin, n'avait pas été sans lui coûter beaucoup d'argent. L'industrie qui consiste à mettre l'orgueil humain en coupe réglée est encore chez nous à l'état d'enfance. A peine avons-nous quelques pauvres diable, peintres d'écussons ou barbouilleurs de biographies, qui gagnent à flatter autrui leur très-maigre ordinaire. L'Angleterre, toujours plus avancée que nous, a depuis cinquante ans des publications annuelles destinées à enseigner au monde les faits et gestes des badauds des trois royaumes. On y apprend comment se fonda la famille de John Brown, esq., demeurant Baker-Street, et précédemment Trinity-Square; combien il eut d'enfants de sa première femme tant regrettée, qu'il remplaça en 34 par miss Emily Walcot, de la maison Small et Walcot; les nouveaux enfants qui survinrent de cette union; l'honneur qu'eut John Brown d'être nommé chevalier du Christ de Portugal, à l'occasion d'un important achat de vins qu'il fit à Lisbonne en 38; sa grande maladie de la fin de 39, traitée heureusement par le docteur Adair, de Royal-College; le mariage de sa fille aînée (mars 41), à l'occasion duquel le fameux Peter Bodie fit des stances, insérées dans le *Wekley Herald*.

Lesdits détails cotés à raison de quatre ou cinq schellings la petite ligne, plus l'obligation morale de prendre trois cents exemplaires du bouquin, pour le distribuer à ses connaissances.

Dans l'article du commodore Davidson, il était dit que

cet honorable marin avait rendu de grands services à la Compagnie des Indes et rapporté du Pundjaub un tapir mâle au jardin zoologique. L'éditeur ajoutait que R. Davidson voyageait volontiers de temps à autre sur le continent pour sa santé; qu'il avait fait, dans ces dernières années, de notables réparations à son manoir du Sommerset; que sir William Courtenay le tenait en haute considération, et qu'il passait auprès de ses amis pour ne rien faire comme les autres.

« Dût le commodore Davidson s'irriter contre nous, avait ajouté le rédacteur sur l'ordre exprès du commodore lui-même, nous ne pouvons taire que ce gentleman a mérité la réputation du plus grand original d'Angleterre, d'Écosse et d'Irlande. »

L'Almanach de 1846, qui était sous presse, devait contenir un choix d'anecdotes destinées à mettre en lumière l'originalité vraiment surprenante du commodore Davidson.

Christian eut bonne envie de payer d'un seul coup toutes ses dettes à ce misérable Tom Borne; mais l'homme devient magnanime à mesure qu'il approche de sa dernière heure, et Christian méprisa encore cette injure. Bien plus, il finit par trouver que Tom Borne avait raison et s'accusa de folie, lui qui allait songer, du fond de ce précipice où il se noyait, à la brillante Amy Davidson, héritière de deux cent cinquante mille francs de rente. Il eut presque un sourire en pensant qu'il avait été jaloux de sir Edgard Lindsay, l'heureux fiancé de la fille du commodore.

— Va-t'en, dit-il à Tom; je ne te ferai pas beaucoup attendre et tu pourras bientôt nettoyer tout ici... Entrez! ajouta-t-il machinalement.

On avait frappé trois maîtres coups à la porte.

La figure de Christian changea complétement à la vue du personnage qui s'introduisit. C'était un homme à la tournure importante, d'un beau teint, bien nourri et tout de noir habillé.

Tom le regarda et fit un quart de salut, devinant bien que c'était un homme à son aise.

—Eh! s'écria Christian avec une intention de sarcasme, c'est cet excellent monsieur Carter qui daigne rendre visite à sa victime! Soyez le bienvenu, monsieur Carter!

Le célèbre marchand de chevaux entra et ne toucha même pas son chapeau, qui était orné d'un large crêpe.

— Bonjour, monsieur Christian, bonjour, dit-il avec sécheresse. Je vous prie de vous retirer, mon ami, ajouta-t-il en montrant la porte à Tom Borne.

Tom Borne hésita un instant et finit par obéir à contre cœur. M. Carter s'était assis sans façon sur l'unique chaise qui restât dans la chambre.

— Venez-vous me faire votre compliment de condoléance? demanda Christian.

— Je viens..., commença sévèrement M. Carter.

Mais il s'interrompit, flaira au vent et regarda tout autour de lui.

— On a exécuté ici? fit-il en clignant de l'œil.

— Comme vous dites, répliqua Christian, qui eut le courage de rire; on a exécuté.

— A la bonne heure! à la bonne heure! Je viens, mon cher monsieur, au nom de vos créanciers, mes confrères, vous rappeler officieusement que nous avons prise de corps contre vous.

— Vous êtes bien aimable..., voulut interrompre Christian.

— Et vous dire, continua M. Carter, que dans la très-pénible situation où nous sommes...

Il s'arrêta pour jeter à son habit de deuil un regard désolé.

— Nous avons besoin, reprit-il encore avec un gros soupir, de faire rentrer tous nos fonds. En conséquence, nous sommes forcés...

— De me mettre en prison? acheva Christian.

— Oui, monsieur.

— Eh bien! s'écria Christian, voilà qui me fait plaisir!

M. Carter s'étala sur la chaise et enfla sa poitrine.

— Nous connaissons cela, murmura-t-il; fi donc! monsieur, fi donc!

Christian mit au jour ses deux pistolets et les posa sur la table.

— J'étais en train d'en finir avec tous ces petits

embarras, comme vous voyez, monsieur Carter, dit-il; mais si vous me donniez l'asile qui me manque, je remettrais bien volontiers la partie.

La figure du marchand de chevaux prit une expression de dignité austère.

— Encore une fois, fi donc! monsieur Christian! s'écria-t-il, ce langage-là est bon dans la bouche des mauvais sujets de comédie. Mais l'honnête homme qui ne peut pas payer ses dettes parle autrement. On s'excuse d'abord, monsieur! ensuite on fait entendre qu'on travaillera, qu'on s'efforcera, qu'on tâchera.

— Pourquoi mentirais-je? interrompit Christian.

— De sorte que, prononça M. Carter, étonné devant une perversité si grande, c'est un parti pris froidement?

— Pas le moins du monde, et vous ne me comprenez pas. Je me refuse seulement à vous donner de chimériques espérances. Je n'ai point de parents, moi, monsieur Carter; point d'héritage en expectative. J'ai été élevé par un vieil artiste qui était mon oncle et que j'aimais comme un père. Il vivait au jour le jour, sans trop s'inquiéter du lendemain. Quand il est mort, il m'a laissé trois mille guinées que j'ai eu grande hâte de manger. Il n'en reste plus trace. Voilà mon histoire en deux mots, monsieur Carter : je suis l'enfant du hasard; si le hasard me venait en aide, je vous payerais peut-être... sinon, non!

— Vous parlez de cela fort à votre aise! Ne peut-on au moins travailler?

— Quand on ne sait rien faire.

— Comment, rien?

— Entendons-nous! répliqua Christian. Rien de ce qui rapporte de l'argent. Mais pour tout ce qui en coûte, c'est différent, je suis très-fort. Ah! ah! mon cher monsieur Carter, poursuivit-il, tandis que sa figure jeune et distinguée s'animait tout à coup, vive Dieu! je sais conduire mon tilbury par des chemins du diable, je monte à cheval trois fois mieux que Little John, mon ancien jockey, je boxe avec décence, à l'anglaise et à la française...

M. Carter tournait ses pouces en le regardant, et sa physionomie morose se rassérénait petit à petit.

— Je fais des armes, bien entendu, continuait Christian, je joue le whist d'une façon transcendante, je bois sans soif six ou huit bouteilles de champagne, j'enlève les jolies filles à l'occasion, et il m'est arrivé de couper, à trente pas, une balle de pistolet sur la lame d'un rasoir!

— Eh bien! fit M. Carter qui tournait toujours ses pouces; cela n'est pas mal... pas mal!

Christian jugea bien qu'il se moquait, et voulut enchérir.

— Monsieur Carter, reprit-il, trouvez-moi un emploi honnête où l'on puisse utiliser ces divers petits talents et je me déclare prêt à travailler comme un nègre.

— Eh! eh!... faisait le marchand de chevaux qui semblait se complaire en ses méditations; eh! eh!... ma foi!...

Il se frotta les mains tout à coup et s'écria :

— Dites-moi! savez-vous que vous êtes un vrai gentleman, monsieur Christian?

— Hein?... fit celui-ci avec étonnement.

— Un vrai gentleman, pardieu! Tout à fait... tout à fait! Voulez-vous que nous fassions une affaire ensemble?

— Une affaire? répliqua Christian stupéfait; avec moi!

— Une grande affaire... une immense affaire!

— Monsieur Carter, dit Christian qui fronça le sourcil; brisons là, s'il vous plaît! J'ai beau faire, je ne suis pas en train de plaisanter.

Carter prit tout à coup un air lugubre.

— Hélas! hélas! mon cher monsieur Christian, dit-il, vous ne pouvez pas être plus désespéré que moi. Plaisanter quand j'ai la mort dans l'âme!

— Si vous ne plaisantez pas, interrompit Christian, expliquez-vous.

Le marchand de chevaux poussa un soupir à fendre le cœur et jeta un second regard sur son costume de deuil.

— Je vais m'expliquer, dit-il; bien que ce soit raviver ma souffrance!

Son accent était si ému que Christian eut pitié de lui.

— Auriez-vous perdu quelque proche parent ? demanda-t-il avec intérêt.

— Plût à Dieu! s'écria chaudement M. Carter; ah! monsieur Christian, si le pauvre cher gentleman avait vécu seulement une année de plus, notre fortune était faite... mais là, solidement! Je vous parle de Courtenay, notre pauvre Courtenay, notre lion, mort à la fleur de l'âge!

— C'est son deuil que vous portez? dit Christian consolé.

— Et il y a bien de quoi, monsieur! C'était le fils de nos œuvres; nous avions dépensé tant d'argent pour le mettre à la mode! On peut bien vous dire cela : Nous nous étions associés, Lewis, le tailleur, Staunton, le gantier, le bottier Filowski, moi et bien d'autres pour tirer parti de Courtenay; les commencements avaient été difficiles, mais ça avait été lancé si militairement que nous en étions à faire nos frais déjà. Tout le monde voulait avoir les fournisseurs de Courtenay... Et voilà que la mort impitoyable...

Il tira son mouchoir pour s'essuyer les yeux et continua d'une voix étouffée par ses sanglots :

— Il était laid, le cher jeune homme, il était lourd, il était stupide! mais les huîtres, monsieur! sans boire! il mangeait les huîtres comme jamais personne ne les mangera !

A son tour, Christian réfléchissait.

— C'est un joli talent! dit-il d'un ton sérieux.

— Ah! monsieur, je crois bien! abonda M. Carter;

ans boire! on ne parlait que de lui et de ses huîtres à la chambre des lords, monsieur! Les délibérations politiques en étaient journellement entravées.

— Je conçois cela, fit observer Christian d'un air capable; sans boire!

— Figurez-vous que les huîtres..., voulut continuer M. Carter.

Mais Christian se redressa tout à coup et dit d'un ton sec :

— Je vous prie, laissons là les huîtres, cher monsieur!

Il y avait dans ces paroles un accent de supériorité si péremptoire que le marchand de chevaux resta bouche béante comme un écolier devant son maître. Depuis quelques instants du reste, il s'était opéré un changement notable dans l'attitude respective du débiteur et de son créancier. Cela s'était fait peu à peu : Carter avait perdu son air rogue pour arriver par une gamme chromatique, lentement parcourue, à quelque chose qui ressemblait à de la politesse, politesse protectrice, il est vrai, mais déjà bienveillante.

Christian, lui, prenait à vue d'œil de l'aplomb; son geste était carré, sa voix ferme; on pouvait deviner qu'il allait traiter bientôt de puissance à puissance.

Néanmoins, il restait un vestige des grandeurs de M. Carter et de l'humiliation de Christian : M. Carter était toujours assis, le chapeau sur la tête; Christian se tenait devant lui, debout et découvert.

— Vous êtes dans un très-grand embarras, dit Chri
tian qui regarda fixement le chapeau de son créancier.

Celui-ci ôta son couvre-chef, sous prétexte de s'essu
le front, et le posa sur la table en balbutiant :

— Il fait réellement une chaleur étouffante!

Christian se prit à sourire orgueilleusement.

— Vous avez mis du temps à vous en apercevo
dit-il; parlons franc : vous avez besoin d'un autre Cou
tenay? Êtes-vous venu chez moi avec l'idée que
pourrais faire votre affaire?

— Une idée vague, répliqua le marchand de chevaux
vous savez... quand on se noie...

— Je ne suis pas fâché, dit Christian, de savoir qu
vous vous noyez.

— C'est une façon de parler... mais il est certain q
si nous trouvions quelqu'un pour remplacer le pauvre s
William, notre reconnaissance...

Il s'interrompit brusquement, parce que Christian
venait de donner un petit coup de pied à la chaise où il
s'asseyait. Carter le regarda; la physionomie de Christian
était fort expressive, à ce qu'il paraît, car le créancier
n'eut pas besoin de l'interroger longtemps. Il rougit et se
leva en disant d'un air confus :

— Cher monsieur, vous avez peut-être désir de vous
reposer.

Christian ne répondit pas, mais il prit la place de
Carter, le plus naturellement du monde.

— Ma foi, dit-il en croisant ses jambes l'une sur l'autre et en continuant de regarder Carter qui cherchait une contenance, je ne me refuserais pas absolument à vous rendre service.

Carter le contemplait désormais d'en bas; la dernière manœuvre de Christian l'avait grandi de dix coudées.

— Vous penseriez pouvoir...? commença le marchand de chevaux avec timidité.

— Pouvoir, c'est évident, interrompit Christian; la question est de savoir si je veux. Et notez que ce métier de lion industriel me répugne de la façon la plus énergique!

— Cependant...

— C'est triste, monsieur Carter, c'est humiliant, c'est ridicule. Je ne me fais pas illusion. Mais, comme vous le disiez, il faut bien travailler pour vivre. Quelle indemnité m'offririez-vous?

— Nous ne reculerions pas devant un traitement fixe de cent livres sterling par mois.

Christian montra ses belles dents blanches dans un sourire souverainement dédaigneux.

— Nous ne parlerions plus de nos créances..., ajouta M. Carter.

— En vérité? fit Christian.

— Nous fournirions largement à toutes les dépenses nécessitées par l'emploi...

— Vous feriez cet effort!

— Quant à la publicité...

Christian éclata de rire.

— La publicité! répéta-t-il. Ah çà, mais cette industrie-là est donc solidement organisée?

— Assez bien, cher monsieur, répliqua le marchand de chevaux qui prit un air de fierté discrète. Vous serez à même d'en juger. Nous avons les articles modes dans les journaux et dans les revues, les *causeries de salons* comme ils appellent cela, les chroniques du monde élégant, les petits courriers de Londres. D'un autre côté, messieurs les auteurs dramatiques ne savent rien refuser quand on s'y prend d'une certaine manière. Il est même facile de faire glisser un nom dans les romans fashionables, moyennant procédés. Soyez tranquille, vous nous en direz des nouvelles! Dans un mois vous serez plus connu que Robert Peel ou que Sa Grâce le maréchal duc de Wellington! Mais, cher monsieur, s'interrompit ici le marchand de chevaux qui baissa les yeux comme une jeune fille, je dois vous confesser que je n'étais pas venu seul.

— Ah! ah! fit Christian, vous étiez détaché en parlementaire!

— Ces messieurs...

— Le gros de l'armée attend à la porte. M. Lewis, M. Staunton, M. Filowski et *tutti quanti*... C'est charmant!

— Si vous daigniez..., insinua M. Carter.

— Pourquoi pas? sonnez!

M. Carter tira le cordon de la sonnette en disant :

— Ces messieurs seront enchantés...

Tom montra sa figure de coquin à la porte.

— Mon ami, lui dit M. Carter, faites monter les gentlemen qui sont en bas.

Et il ajouta en adressant un sourire aimable à Christian :

— Enchantés, disais-je, de vous offrir leurs respects.

Un grand bruit de bottes se fit dans l'escalier et l'on entendit de grosses voix qui parlaient haut.

— Les malheureux!... s'écria le maquignon fashionable. Peut-on perdre à ce point le sentiment des convenances!

Il s'élança et traversa l'antichambre comme un trait. A peine eut-il prononcé trois paroles que le bataillon des créanciers se fit muet; on eût dit que chacun avait mis des semelles de velours à ses bottes.

Non-seulement Christian ne quitta point son siége, mais il ne se retourna pas. Ce séducteur avait, infuse, la véritable diplomatie anglaise.

— Entrez, messieurs, dit-il avec roideur.

Et comme les créanciers rangés autour de lui s'inclinaient à l'unisson :

— Si vous m'aviez laissé plusieurs siéges, ajouta-t-il avec un sourire incisif, j'aurais le plaisir de vous en offrir.

Staunton, Lewis, Filowski et les autres associés restaient là fort embarrassés de leurs personnes.

— Ces messieurs sont bien au regret..., balbutia Carter. Ils vous prient humblement d'excuser...

Tous les créanciers saluèrent en murmurant de confuses platitudes. Le marchand de chevaux les avait mis au fait dans l'antichambre; ils étaient là devant la poule aux œufs d'or.

— Messieurs, dit Christian qui bâilla royalement, j'aime mieux vous excuser que de perdre mon temps à vous faire des reproches.

— Ceux que nous adresse notre cœur..., voulut insinuer Filowski, sensible comme un Slave.

Mais le successeur de Courtenay lui imposa silence d'un geste souverain.

— Je me nomme Christian tout court, dit-il.

— Quel nom distingué! s'écria le tailleur Lewis.

— Distingué et facile à retenir! ajouta le gantier Staunton.

— Si vous voulez mettre au bout un joli nom de famille, reprit le moraliste Carter, vous n'avez qu'à choisir dans l'almanach d'adresses. Le pauvre Courtenay s'appelait tout bonnement Bobby Jobson.

Ce souvenir, brusquement évoqué, tira un soupir plaintif de toutes les poitrines.

— Que diriez-vous de Mac-Aulay? demanda Christian.

— Mac-Aulay! répéta Carter comme pour éprouver le nom.

— Mac-Aulay! Mac-Aulay! prononcèrent les autres tour à tour.

Puis, Filowski dit le premier :

— Christian Mac-Aulay! cela sonne!

— Vive Mac-Aulay! risqua le tailleur Lewis.

— Mac-Aulay pour toujours! s'écria aussitôt le chœur des créanciers.

Christian remercia de la main.

— Il y a quelque chose de plus important, reprit-il. Brummel a usé les nœuds de cravate et les cols de chemise; Waterford a galvaudé la boxe; Hopkins a rendu burlesques les brochettes de décorations; le turf est bien glissant et, d'autre part, Courtenay ne laisse rien à faire comme ostréophage.

Les associés se regardèrent, inquiets.

— Cela veut dire avaleur d'huîtres, traduisit Christian avec bonté.

— Il sait les langues étrangères! murmura Lewis.

Staunton enfla ses joues; Filowski ôta, pour mieux entendre, le coton prudent qui lui bouchait les oreilles.

— Il est pourtant incontestable, poursuivit Christian, qu'un lion doit avoir sa spécialité tranchée.

— Quant à cela, oui, appuya Carter.

— Eh bien! reprit Lewis, nous chercherons.

Christian se renversa sur le dos de sa chaise en souriant et dit :

— J'ai trouvé.

— Son Honneur a trouvé! répéta Carter avec emphase.

Ce fut un grand murmure de joie; les créanciers s'agitèrent en criant :

— Voyons, voyons ce qu'a trouvé Son Honneur!

— Figurez-vous, reprit Christian, que j'ai tué autrefois plusieurs centaines de tigres dans les jongles de l'Inde.

— Vraiment! fit le chœur stupéfait.

— Eh non! répliqua Christian, qui haussa les épaules avec mépris.

— Saisissez donc! expliqua pédantesquement M. Carter, c'est la spécialité que veut prendre Son Honneur.

Le même sourire parut sur les physionomies de tous les créanciers, qui approuvèrent du bonnet.

— Vous m'achèterez, poursuivit Christian, une demi-douzaine de fourrures; ce seront mes trophées.

— Savez-vous que c'est très-fort, cela! ne put s'empêcher de dire le tailleur Lewis.

— Parbleu! riposta Carter, si c'est très-fort!

Christian continua :

— Vous ferez lithographier mon portrait en costume du Bengale, avec une carabine de forme fantastique, braquée sur un tigre colossal.

— Hein? fit Carter en provoquant les créanciers du regard.

— Très-fort! dit Lewis.

— Très-fort! très-fort! entonna le chœur.

— Ce sera mon diplôme, poursuivit encore Christian; nous ne serons pas embarrassés pour inventer cinq ou six bonnes histoires de chasse avec des chevaux dévorés et des Cipayes lancés à soixante pieds en l'air.

Il y eut des bravos. Christian prit un ton ému pour achever :

— Et nous mettrons dans mon salon une cage, contenant un petit tigre vivant que j'aurai recueilli par charité, après avoir empaillé son père et sa mère!

Pour le coup, les créanciers se jetèrent dans les bras les uns des autres avec enthousiasme.

Leur fortune était faite.

Christian passa négligemment ses doigts dans les boucles de ses cheveux.

— Arrivons aux détails, dit-il, sans y toucher. Vous me compterez, suivant la promesse de M. Carter, trois cents guinées tous les mois.

Les créanciers perdirent leur sourire joyeux et devinrent roides comme des piquets.

— Permettez! s'écria le marchand de chevaux; j'ai dit cent livres...

— Est-ce un démenti? demanda Christian, qui fronça le sourcil.

Les associés frémirent des pieds à la tête.

— Le pauvre Courtenay, dit Lewis, se contentait de...

Christian se redressa et laissa tomber ces paroles :

— Je crois qu'on veut me marchander!

Lewis rentra sous terre.

— Je veux bien ne pas me formaliser, messieurs, poursuivit Christian, en bon prince qu'il était; mais c'est à prendre ou à laisser, voyez-vous. J'ai fait mon calcul; il est simple et clair; je vous le soumets : mon excellent oncle m'a laissé trois mille guinées, il y a dix mois. Je n'ai plus rien. Or, trois mille divisés par dix donnent trois cents. Vous aurez beau faire, vous ne sortirez pas de là!

Les créanciers échangèrent de douloureux regards. Ils hésitaient.

— En somme, messieurs, dit cependant Carter, quand il s'agit de tigres, on ne peut pas calculer comme pour des huîtres.

La force de ce raisonnement frappa tous les esprits.

— Est-ce entendu? demanda Christian.

— C'est entendu, répondit-on d'assez bonne grâce.

— En outre des trois cents guinées, reprit alors le grand homme, vous aurez l'obligeance de me louer, pour ce soir même, un hôtel convenable dans le quartier de la noblesse.

— Trop juste! dit Filowski.

— Votre Honneur, ajouta Carter, aura son hôtel dans le West-End.

Christian étouffa un autre bâillement et se leva.

— Voilà qui est bien, messieurs, dit-il avec un geste de fatigue; demain, je choisirai moi-même mes équipages. Vous pouvez vous retirer.

Cela ne pouvait finir ainsi. L'univers entier accuse le peuple anglais de taciturnité, et il n'y a point de peuple qui affectionne aussi passionnément les harangues inutiles.

— J'espère que ces messieurs m'accorderont la parole, et que Son Honneur me fera la grâce de m'écouter, s'écria le marchand de chevaux; je ne commettrai point l'inconvenance de demander trois hourras pour Son Honneur. Cette manifestation trouvera sa place dans le banquet que nous prendrons la hardiesse d'offrir à M. Christian Mac-Aulay, tueur de tigres. (Écoutez! écoutez!) Messieurs, j'ose affirmer que Son Honneur sera content de nous! (Très-bien!) Il serait malséant, désormais, de songer encore au pauvre Courtenay : le lion est mort, vive le lion! (Agitation.) Messieurs, dites comme moi, je vous prie : Mac-Aulay, le tueur de tigres, pour toujours!

Il secoua frénétiquement son chapeau au-dessus de sa tête; les autres en firent autant et clamèrent :

— Mac-Aulay, le tueur de tigres, pour toujours!

Puis on fit silence pour attendre la réponse de Christian. Mais Christian, jouant jusqu'au bout son rôle de grand Lama, les remercia d'un geste affable et leur montra la porte.

Carter traversa aussitôt la chambre à grands pas, suivi de près par ses confrères obéissants. Avant de passer le seuil, le bataillon se retourna et salua par trois fois, puis on descendit l'escalier en bon ordre, non sans répéter ce cri partant de l'âme :

— Mac-Aulay! Mac-Aulay pour toujours!

IV

Une veuve.

Christian les regarda sortir sans jeter bas son masque de froideur; mais à peine eurent-ils passé le seuil, qu'il détacha un triple entrechat. Après quoi il fit un tour de valse avec la chaise qui lui était restée fidèle dans son malheur.

— *Good by!* mes drôles, s'écria-t-il, bon voyage! J'ai des fermiers, moi, maintenant, des vassaux, des esclaves!

Il prit la pose de boxeur et lança un coup de poing dans le vide :

— Changement à vue! le taudis se transforme en palais! J'ai entre les jambes le propre coursier de la fortune : hop! hop!... Cependant, s'interrompit-il, tâchons de ne pas devenir fou!

Ses tempes brûlaient; tout son sang rougissait sa joue. Il s'approcha de la fenêtre pour prendre un bain d'air. Le bataillon des créanciers tournait l'angle du square.

Christian s'accouda sur l'appui de la croisée. Rien n'avait changé autour de lui : c'était toujours le même ciel grisâtre au-dessus de sa tête, le même pavé humide sous ses pieds; derrière la grille, on voyait encore les jolies petites miss jouant avec leur chèvre blanche, sous la garde de l'institutrice maigre. Les maisons uniformes et enfumées n'avaient point ouvert les tristes châssis de leurs fenêtres, et cependant Christian ne reconnaissait plus ce tableau, dont la morne mélancolie l'avait frappé deux heures auparavant. Tout lui semblait gai; le ciel, pour lui, s'inondait de lumière; les maisons revêches avaient des sourires, et il prenait le petit parterre du square pour le coin le plus délicieux des jardins d'Armide.

— Une chose certaine, se disait-il, c'est que je ne suis point le jouet d'un songe. Ces bonnes gens sont venus là me rendre volontairement foi et hommage, m'apporter le luxe prodigue, l'élégance audacieuse, la vie comme je l'ai toujours rêvée. Ils sont bien tombés, pardieu! et je vais faire parler de moi! Ah! ah! misérables que vous êtes! s'écria-t-il en rentrant dans la chambre et en jetant à ses pistolets un regard insolent; c'était donc vous qui vouliez tuer Christian Mac-Aulay de Baltimore? Un gaillard qui a résisté aux griffes de tous les tigres de l'Inde! Mais, sur ma foi! s'interrompit-il, j'étouffe dans ce bouge! Ces murailles nues me font horreur! Allons, allons, ma misère, adieu, je ne te connais plus!

Il saisit son chapeau et s'élança vers la porte. Alors seulement, il s'aperçut que Tom Borne s'était introduit tout doucement pendant qu'il causait avec lui-même à la fenêtre, et que le coquin, suivant son habitude, se tenait debout au-devant du seuil.

Christian s'arrêta déconcerté. Tom Borne souriait d'un air d'intelligence.

— Bonne affaire, dit-il, bonne affaire, monsieur Christian!

— Il a écouté à la serrure! pensa le tueur de tigres.

— Dites donc, reprit Tom, vous ne vous attendiez pas à cela, hein?

Christian mit la main à sa poche et en retira les deux fameuses livres sterling, reste de l'héritage de son oncle.

— Prends cela pour boire, dit-il, et tais-toi!

— Bah! fit Tom Borne, qui repoussa les deux souverains avec dignité; vous ne me connaissez pas, monsieur Christian! Chacun gagne sa vie comme il peut, dans cette vallée de misères. Nous sommes gens à nous revoir, que diable!

Il se frotta les mains tout doucement et reprit :

— Bonne affaire! bonne affaire! C'est miss Jane qui va être contente!

Christian recula de trois pas et devint pâle comme un mort.

— Jane! répéta-t-il en courbant la tête.

— Est-ce que vous n'aviez pas pensé à elle? demanda Tom ingénument.

Des gouttes de sueur perlèrent au front de Christian.

— Elle m'a dit en partant, poursuivit le bas Normand anglais, qu'elle allait chercher de l'argent pour vous tirer d'embarras... Chère demoiselle!

Christian se laissa choir sur la chaise et mit sa tête entre ses mains. Tom Borne le considérait en amateur.

— Dites donc, reprit-il encore, c'est pour elle, cette lettre qui est sur la table?

Christian se leva comme un furieux, saisit la lettre et la déchira en mille pièces.

— Tiens! tiens! fit Tom Borne.

Christian arpentait la chambre à grands pas et murmurait :

— Non! non! je ne veux pas la tromper. Mais on ne trouve pas deux fois en sa vie une pareille occasion de faire fortune!

— Alors, que faudra-t-il lui dire, à miss Jane? demanda Tom Borne.

Christian ne l'entendait pas.

— Je n'aimerai jamais personne comme je l'ai adorée! pensait-il; ma pauvre belle Jane! Oh! quand je serai riche, je jure bien qu'elle partagera mon bonheur!

Il fit le geste d'écarter Tom. Celui-ci ne bougea pas et répéta :

— Que faudra-t-il lui dire?

Christian s'éveilla; le sourire de Tom Borne lui parut amer comme le reproche de sa conscience. Il se fâcha tout rouge, parce qu'il avait tort, et lança Tom au milieu de la chambre en criant :

—Va-t'en au diable!

Après quoi il descendit l'escalier quatre à quatre.

Tom Borne resta tout étourdi, mais sa philosophie ne se troubla point.

— « Va-t'en au diable! » grommela-t-il en se frottant l'épaule; parbleu! nous y allons tous les deux. Seulement, tu cours plus vite que moi.

Il s'assit à son tour sur la chaise.

— J'aurais mieux fait de prendre toujours les deux livres, pensa-t-il, mais je sais son nouveau nom, et je le retrouverai.

Au bout d'un demi-quart d'heure, on entendit dans l'escalier la voix de Jane qui appelait joyeusement :

— Christian! Christian!

— Voilà une veuve! dit Tom Borne.

Jane ouvrit la porte et s'élança dans la chambre.

—Christian! mon Christian! s'écria-t-elle; tu ne sais pas? Mon pauvre parent de Bond-Street est mort depuis un an. Il a pensé à moi : son ancienne gouvernante m'a remis de l'argent...

Tom écoutait et ne bougeait pas. Il pensait :

— C'est le jour aux aubaines!

Jane s'était avancée vers la place où était jadis le lit, pour y jeter son châle; elle s'arrêta étonnée en voyant la chambre vide.

— Beaucoup d'argent! avait-elle ajouté.

Puis se reprenant :

— Mais que veut dire ceci?...

Elle aperçut le large dos de Tom Borne installé auprès de la table.

— Christian! où est Christian? demanda-t-elle.

Tom lorgnait un bon gros sac de souverains qu'elle tenait sous le bras.

— M. Christian est parti, répondit-il.

— Quelle folie! s'écria Jane incrédule.

Tom haussa les épaules. Jane souriait toujours; l'idée de la fuite de Christian ne pouvait point entrer dans son esprit.

— Ah! fit-elle tout à coup, effrayée, les gens de justice sont venus et il est en prison!

Tom calculait :

— Il y a bien quatre ou cinq cents livres dans ce sac.

— Répondez! s'écria la jeune fille, qui lui saisit le bras, l'ont-ils mis en prison?

— Parbleu! miss Jane, dit Tom, une jolie fille comme vous trouvera aisément à se consoler.

Jane devint pâle; on voyait bien qu'elle ne voulait point comprendre, et qu'elle restait cramponnée à son dernier espoir.

— J'ai de quoi le tirer de prison, murmura-t-elle.

— Eh! ma pauvre chère enfant, répliqua Tom, vous savez bien déjà qu'il n'est pas en prison!

Il se leva, parce que la jeune fille chancelait. Elle tomba sans force sur la chaise.

— Alors, balbutia-t-elle, oppressée par un spasme, alors, il va revenir?...

Tom secoua la tête. Jane était plus changée qu'une morte.

— Au nom de Dieu! s'écria-t-elle en un dernier effort, où est-il? où est-il?

Tom hésita un instant, puis il répondit :

— Ici ou là, peu importe, miss Jane. Quand on s'en va en disant : Je reviendrai, la distance n'est rien... mais...

— Christian m'a-t-il donc abandonnée? seigneur Dieu! fit Jane, qui croisa ses bras sur sa poitrine haletante.

Ses yeux n'avaient point de larmes; elle était si belle dans son désespoir, que Tom Borne eut un mouvement de pitié.

— Écoutez, miss Jane, dit-il, maintenant que le voilà riche, si vous voulez le forcer à vous épouser?...

— Riche! répéta Jane, qui semblait chercher sa pensée, vous dites que Christian est riche?

— Il a un hôtel, il a des équipages et trois mille six cents livres sterling à dépenser par an.

— Ah!... fit Jane en un long soupir.

Elle ne parla plus. Sa tête charmante se renversa en arrière, tandis que ses paupières demi-closes abaissaient leurs longs cils sur ses yeux. Elle était évanouie.

— Eh bien! miss Jane! s'écria Tom, miss Jane! tonnerre! Voulez-vous que j'aille vous chercher un verre de gin? C'est là le désagrément des femmes, ma parole! Des pâmoisons, toujours des pâmoisons!

Il prit le sac qui était sur les genoux de Jane et le soupesa dans sa main.

— Oui, oui, grommela-t-il, cinq cents livres au moins, peut-être six cents livres. Je parie pour six cents!

Et pour voir, sans doute, s'il aurait gagné sa gageure, Tom Borne versa le contenu du sac sur la table. Il compta l'or, il en fit deux parts égales, bien méthodiquement disposées.

— Elle m'intéresse, moi, cette pauvre jeune fille, pensait-il tout haut, je suis sûr qu'elle me donnerait bien tout cela pour connaître la retraite de son coquin de Christian. Mais moi, je ne lui prendrai que moitié, parce qu'il faut de la conscience.

Ayant ainsi parlé dans la droiture de son cœur, Tom Borne battit le briquet, alluma sa pipe et lâcha trois ou quatre bouffées sous les narines de Jane, à qui cette médication élémentaire rendit l'usage de ses sens.

V

Profils anglais.

Brighton était dans toute sa splendeur, Brighton, ce paradis anglais où le ciel est bleu quelquefois, où les grèves ont des paillettes d'or, où la mer secoue de temps en temps les lourdes brumes pour porter à la plage les caresses de ses vagues azurées; Brighton, le lieu de délices où s'épanouit la fleur de la fashion, la grande arène où se donne le tournoi des élégances et des excentricités britanniques; Brighton, la froide et souriante oasis où les trois royaumes vont, en bâillant, traiter leur spleen et tuer les heures.

La saison était magnifique. Au dire des habitués de fondation, jamais on n'en avait vu de plus belle. Londres tout entier, j'entends le Londres noble, l'élite d'Almack, avait déserté les bords de la Tamise, et l'on pouvait se demander si, cette année, le haut parlement avait renoncé à la vie de château.

Brighton éblouissait, Brighton regorgeait; les nobles résidences du voisinage, pleines du rez-de-chaussée aux combles, envoyaient des hôtes à l'auberge, et vous eussiez trouvé sur les registres des hôtels garnis tous les vieux noms du *Peerage*.

Ceux qui veulent assigner à toute chose une raison d'être disaient que cette affluence avait pour cause le lever de deux astres nouveaux à l'horizon de la mode. Deux astres resplendissants, il faut l'avouer : une femme auteur du plus rare mérite, lady Desdemone Bridgeton, et un lion de taille colossale, le fameux Christian Mac-Aulay.

Cette lady Desdemone avait déjà fait ses preuves dans les revues les mieux accréditées, outre la grande victoire dramatique qu'elle avait remportée au théâtre de Covent-Garden, par sa tragédie de *David Rizzio*. C'était bien autre chose, en vérité, que miss Edgeworth ou mistress Inchbald. Dans sa mise en scène hardie, il y avait du Shakespeare; son lyrisme rappelait Byron; et quand elle daignait écrire en prose de simples articles de *Magazine*, on se prenait à penser qu'Addison était sorti de sa tombe.

Peu de personnes connaissaient directement lady

Bridgeton; on parlait d'elle de façons diverses et même fort opposées. Les uns prétendaient que c'était une vieille dame écossaise, de mœurs antiques et bizarres, qui avait pris la manie d'écrire sur son retour; les autres prétendaient que c'était une toute jeune femme élégante, riche, gracieuse, et avec cela belle comme un ange.

On avait annoncé dix fois déjà son arrivée à Brighton, mais elle n'avait encore paru ni aux bains, ni à la promenade, ni au salon de conversation.

Quant à Christian Mac-Aulay, au contraire, tout le monde le connaissait; il était comme le soleil, que les aveugles seulement n'ont pas vu.

Il faut croire que Christian avait réellement le génie de sa position nouvelle, ou que les respectables associés M. Carter, M. Staunton, M. Lewis, M. Filowski, etc., s'étaient surpassés dans l'habileté de leurs manœuvres, car il n'avait fallu qu'un mois pour élever au successeur du « pauvre Courtenay, » ce haut piédestal où il trônait en idole.

Un mois, voilà tout! Trente jours à peine s'étaient écoulés depuis cette matinée, fertile en événements, où Christian et la jolie Jane avaient fait leur dernier déjeuner au champagne, et déjà Christian, suivant l'expression prophétique de M. Carter, était plus connu que Robert Peel ou Sa Grâce le maréchal duc de Wellington.

Il était environ midi; un soleil blafard pâlissait la blanche façade de l'établissement de conversation; de magnifiques équipages sillonnaient en tous sens les larges rues qui conduisent aux quais et à la plage. Des groupes nombreux stationnaient sur les trottoirs, et quelques couples montaient les degrés du péristyle.

— Sur mon honneur, sir Arthur, disait lord John Tantivy, qui conduisait haut la main son tandem-squelette, il a payé *Athenian* deux mille cinq cents louis au prince de Tarente!

— Il avait déjà, répondit sir Arthur, *Nephew of sultan Bajazet!* Il va bien!

Lady Harriet, baroness Monteagle, gravure de mode animée, d'un âge vénérable, et dont la maigreur historique était le problème toujours posé au talent ingénieux des couturières du West-End, lady Harriet disait à sir Georges, son partner :

— La vérité est que je le trouve délicieux!

— Ah! ravissant! reprenait lord Georges, ancien Lovelace à toupet, adorable!

Lady Harriet montait les marches du péristyle à longues enjambées.

— Mais c'est qu'il a une façon de faire les moindres choses! reprenait-elle. Et il n'y a pas jusqu'à ce nom de Christian Mac-Aulay...

Mistress Meredith, femme du doyen de Westminster, la salua et lui dit en souriant :

— Nous parlions précisément de M. Christian Mac-Aulay, chère lady.

— Eh! belle dame, s'écria lord Georges, qui est-ce qui ne parle pas de Christian Mac-Aulay?

A la ronde, on entendait les voix mâles des gentlemen, les voix enrhumées ou cassées des dames d'un certain âge, les voix aiguës et chantantes des petites miss, qui toutes répétaient de près, de loin, sur tous les tons imaginables :

— Mac-Aulay! Mac-Aulay! Mac-Aulay!

C'était une fièvre épidémique.

Parmi cette foule, il n'y avait guère qu'un couple pour ne point s'occuper de Christian Mac-Aulay. C'était un charmant jeune homme, à la chevelure noire, à la figure intelligente et hardie, qui donnait, ma foi, le bras à la blonde fille du commodore Davidson. Elle était plus vignette anglaise que jamais, cette ravissante Amy. Ses cheveux, légers comme une brume, flottaient au vent et caressaient la délicate pâleur de son visage. Il y avait du plaisir dans ses jolis yeux bleus; elle s'appuyait, heureuse et confiante, au bras de son cavalier.

Son cavalier avait nom sir Edgard Lindsay.

— Partout du monde! dit celui-ci en regardant autour de lui avec impatience; impossible de se parler un instant sans témoins!

— Ne vous plaignez pas trop de cela, Edgard, répliqua miss Amy avec un doux sourire; s'il en était autrement, mon père ne nous laisserait peut-être pas ensemble.

— Vous croyez qu'il ne nous laisserait pas ensemble, Amy? Cependant, votre père m'aimait autrefois.

— Beaucoup, assurément... mais, à présent, il a l'idée... il trouve...

Miss Amy hésita, et une teinte rosée vint à sa joue.

— Il trouve...? répéta Edgard.

— Eh bien, acheva la jeune fille, il trouve que vous faites tout comme tout le monde; en un mot, que vous n'êtes pas assez original.

— Et vous, Amy?

— Oh! moi, répondit la jeune fille en rougissant tout à fait, mais avec un franc sourire, je vous trouve bien comme vous êtes, Edgard; et si je ne suis pas votre femme, jamais je ne serai heureuse.

Les lèvres du jeune homme effleurèrent sa main blanche, tandis qu'il murmurait d'une voix tremblante :

— Chère, oh! chère Amy! jamais femme ne fut aimée comme je vous aime !

— Eh bien, criait l'honorable Francis Cremorne, j'ai déjeuné chez Drake, vis-à-vis du pavillon chinois du prince de Galles. On nous a fait manger une Christianide de volaille qui était par délices!

— On m'a servi chez Boyne, répondait lord John Tantivy, des laitances à la Mac-Aulay, et je vous recommande cela, Francis!

Sir Arthur, qui avait le cure-dents à la bouche, déclara qu'il connaissait les deux mets rivaux, et qu'il leur préférait les filets de chevreuil à la tueur de tigres.

— Mon Dieu, madame, disait lord Georges à lady Harriet Monteagle, en rejetant sur l'épaule le revers de sa redingote, c'est tout bonnement une Mac-Aulay.

Lady Harriet toucha l'étoffe de la redingote et faillit se pâmer d'admiration.

— Si vous voulez m'accompagner au pavillon tantôt, dit-elle, je vous offre une place dans mon Mac-Aulay.

Edgard et miss Davidson, les deux amoureux, étaient, certes, des modèles de raison au milieu de cette extravagante cohue.

— Après tout, disait Amy, il y aurait peut-être un moyen. Vous êtes poëte; si vous faisiez parler de vous?

— Je suis poëte! répondit Edgard, avec une modestie digne d'éloges; tout au plus peut-on dire que je fais des vers quelquefois. Ce n'est pas la même chose.

— Des vers charmants. Je les connais!

— Je doute fort de mon pauvre talent, Amy, et je n'oserais pas signer de mon vrai nom des essais beaucoup trop imparfaits encore.

Amy fit une petite moue.

— Cela est très-bien, dit-elle. Mais c'est que mon père ne comprend pas beaucoup la modestie. Son cœur est excellent, vous le savez, Edgard. Seulement, le bruit l'enchante et l'attire. Tenez, ce M. Mac-Aulay, le fameux tueur de tigres, l'homme à la mode, lui fera perdre la tête!

— C'est étonnant, je ne le connais pas encore, moi, ce Mac-Aulay!

— Vous ne le connaîtrez que trop tôt, repartit Amy, qui baissa la voix; mon père s'est mis dans l'esprit de l'avoir pour gendre.

Une menace brilla dans les yeux d'Edgard.

— Pardieu! s'écria-t-il, s'il en est ainsi, je ferai en effet sa connaissance!

Miss Amy se serra contre lui, effrayée.

— Un homme qui tue les tigres! murmura-t-elle.

— Je ne suis pas un tigre, dit Edgard.

— Soyez prudent, je vous en supplie! D'ailleurs, il ne m'a jamais parlé; c'est un rêve de mon père, et voilà tout. La vogue extraordinaire dont jouit ce Mac-Aulay ne lui laisse pas un instant de repos. Il le cherche, il le suit, il l'imite...

— Je connais déjà comme cela vingt ou trente miroirs ambulants qui reflètent les rayons douteux de ce nouveau soleil. En vérité, je voudrais bien le voir!

Il sentit le bras d'Amy tressaillir légèrement sous le sien.

— Qu'est-ce donc? demanda-t-il.

— Vous êtes servi à souhait, répondit la jeune fille.

Un grand brouhaha se faisait du côté des salons de jeu, situés à l'autre extrémité de la galerie où Edgard et sa compagne s'étaient engagés. La galerie était littéralement encombrée. Il y avait du monde sous les deux péristyles et jusque dans les allées qui tournaient autour de la pelouse. Cela est ainsi dans l'avenue de Saint-James et dans Green-Park, quand la reine va descendre le perron du palais de Buckingham.

Miss Amy avait dit : «Regardez!» en serrant plus fort le bras de sir Edgard.

Ce n'était pas la reine; la reine était à Windsor ou à l'île de Wight; mais c'était une royauté aussi, bien respectable et bien respectée : la royauté de la mode :

On assure que le frère du roi Georges avait le rouge de la timidité au front quand il se fit présenter à Brummel; ce qui est certain, c'est que Brummel ne fut pas déconcerté du tout quand on le présenta au roi Georges.

— Mac-Aulay! dit lady Harriet Monteagle en agitant instinctivement la broderie de son mouchoir.

—Mac-Aulay! répétèrent sir Arthur, lord Georges, lord John, la doyenne de Westminster et cent autres.

Ce fut une acclamation discrète, mais bien nourrie, qui courut aussitôt de bouche en bouche.

— Mac-Aulay! Mac-Aulay !

La foule ondula un instant, sollicitée par une sorte de tressaillement nerveux, puis chacun resta immobile.

Christian était seul et sortait des salons de jeu. Vous dire le suprême parfum d'élégance qui s'exhalait de toute sa personne, est chose absolument impossible; cela ne se décrit pas. Il y avait dans cette fleur du dandysme un arome tellement intime, des effluves si insaisissables dans leur fière délicatesse, que lady Harriet Monteagle ou sir Arthur lui-même ne pourrait pas vous dire en quoi consistait proprement l'étonnante supériorité de ce Mac-Aulay. Les vérités primordiales ne se démontrent pas. Pour peu qu'on eût en soi un atome de distinction, un scrupule de goût dandyque, on sentait l'héroïsme de ce resplendissant gentleman.

Il était beau tout naturellement et sans effort; il avait, ce qui est la première qualité de toutes en Angleterre, la conscience manifeste de son incomparable valeur. Il saluait sommairement et avec protection des pairs du royaume. Il adressait ses demi-sourires négligents à des duchesses dont les aïeux avaient traversé le détroit avec Guillaume le Conquérant. Tout le monde le lorgnait avidement. Quand il daignait, lui, mettre le binocle à l'œil, la foule, heureuse et honorée, frémissait d'aise.

Edgard ne se souvenait pas d'avoir rencontré jamais en sa vie un homme aussi parfaitement haïssable.

Il était seul, avons-nous dit, mais seul à la manière des rois qui ont leur cour, des astres qui ont leurs satellites.

— Mon père!... murmura miss Amy, qui entraîna Edgard derrière une colonne.

Le commodore était en effet à son poste; il marchait derrière Christian, imitant, à la lettre, son pas, sa tournure et chacun de ses mouvements, copiant avec méthode, et comme s'il eût eu quelque instrument de précision, l'inclinaison de sa tête, saluant ceux qu'il saluait, lorgnant celles qu'il lorgnait, toussant chaque fois qu'il toussait. De la tête aux pieds, le commodore avait la même toilette que Christian; les bottes, le pantalon, l'habit, les gants, la cravate, et jusqu'aux boutons, tout était identique.

Derrière le commodore venaient douze ou quinze gentlemen, ombres d'une ombre, qui copiaient aussi de loin les mouvements du souverain pontife de la fashion.

Peut-être y avait-il parmi ces messieurs quelques enthousiastes soudoyés par la société Carter et compagnie. Mais il y avait aussi des dévots de bonne foi. Heureusement pour nos voisins, la folie anglaise est mélancolique et grave; si les lunatiques d'outre-Manche faisaient la vingtième partie du bruit que font nos fous, on ne s'entendrait plus dans les trois royaumes.

Christian s'arrêta vers le milieu de la galerie; le commodore fit halte aussitôt, et les autres sosies du lion semblèrent changés en statues. Christian bâilla; la bouche du commodore s'ouvrit, large comme un four; les gentlemen à la suite bâillèrent en poussant des plaintes confuses. Christian se moucha; le commodore et les gentlemen tirèrent précipitamment leurs mouchoirs.

— Je ne me mouche pas comme tout le monde! dit entre haut et bas le commodore Davidson.

Ce fut dans la galerie un concert surprenant et général; on eût dit qu'un rhume foudroyant avait frappé à la fois tous les cerveaux.

— L'avez-vous vu se moucher? demanda lady Harriet Monteagle, émerveillée.

Lord Georges atteignit son foulard et répondit :

— Tout ce qu'il fait a un aspect!...

— Une couleur!... ajouta lady Harriet en produisant avec son nez un son aigu et prolongé.

Le commodore Davidson éprouvait en ce moment un élan de fierté bien légitime. Il remit son foulard dans sa poche et se dit :

— Tous ces gens-là parlent de la manière dont je me mouche!

Christian avait repris sa marche triomphale; on put remarquer ici un fait plein de caractère. Christian avait fait une chute de cheval la semaine précédente, et boitait légèrement de la jambe gauche; le commodore, qui n'était point tombé de cheval, boitait un peu plus que Christian. Quant aux gentlemen qui venaient en troupeau derrière le commodore, ils boitaient d'une façon tout à fait lamentable.

La foule entière se mit à la suite des gentlemen et se prit à boiter d'instinct. Quelques maladroits ayant eu la fâcheuse pensée de boiter de la jambe droite, furent remis au pas par leurs amis. La procession se dirigea ainsi vers les jardins.

— Voilà qui est inouï! s'écria Edgard suffoqué, c'est un être odieux que ce Mac-Aulay!

— Mais du tout, répliqua miss Amy, M. Mac-Aulay est un fort joli homme!

— Oui-da! fit Edgard vivement, vous aussi?...

Puis il ajouta entre ses dents :

— Avant la fin de la journée, je lui aurai cherché querelle.

— Que dites-vous? demanda miss Davidson avec inquiétude.

Au lieu de répondre, Edgard l'entraîna vers le jardin, parce qu'il venait d'apercevoir le commodore à deux pas de là, en grande conférence avec M. Carter. En arrivant au jardin, ils croisèrent Mac-Aulay, qui tournait un coude de la pelouse. Les yeux du lion tombèrent sur miss Amy; chacun put le voir sourire gracieusement et s'incliner avec une courtoisie toute particulière.

Où étiez-vous? commodore Davidson!

On ne sait pas ce que lady Harriet Monteagle eût donné pour être saluée ainsi.

Peu touché de cet immense honneur, Edgard fit un mouvement comme pour barrer le passage à Christian; celui-ci laissa tomber son binocle et détourna la tête; les gentlemen estropiés envahirent l'allée, et le pauvre sir Edgard, pâle de colère, emporté par le flot, eut encore la mortification de grossir le cortége de son rival.

Mais que nous fait la jalousie de sir Edgard? et avons-nous bien le courage de nous arrêter, ne fût-ce qu'un instant, sur les détails de ce petit amour bourgeois? Un événement extraordinaire se préparait; les jardins de l'établissement royal allaient voir quelque chose d'étrange

et de véritablement solennel : la rencontre de deux
étoiles fixes.

Il y avait en effet, de l'autre côté des bosquets, une
autre foule, un peu moins nombreuse peut-être, mais
tout aussi enthousiaste; cette autre foule escortait une
femme élégante, jeune, et d'une beauté très-remarquable,
qui avait accepté le bras du maître des cérémonies.

Les deux cortéges allaient en sens contraire; dans le
second, le beau nom de lady Bridgeton était prononcé
avec le même respect que dans le premier le nom illustre
de Christian Mac-Aulay.

Mac-Aulay tout seul, sans lady Bridgeton, comme
lady Bridgeton, sans Mac-Aulay, eût fait la fortune de
la saison. Brigthon les possédait réunis! Heureuse ville!
Heureux maître des cérémonies! Heureux établissement
de conversation! Depuis le jour mémorable où le caprice
de Georges IV transforma en une cité de marbre la plus
pauvre bourgade de pêcheurs qui fût sur les rives de la
Manche, on n'avait rien vu de pareil. Christian et Desdemone respirant le même air! Lady Bridgeton et Mac-
Aulay foulant le même sol favorisé! Le tueur de tigres et
la Muse! Hourra! trois fois pour chacun d'eux! Trois fois
hourra encore pour tous les deux ensemble! *God save the
king! Rule Britannia!* Haussez les prix de la carte! Ne
versez pas une goutte de champagne à moins de deux
louis la bouteille! Vous êtes de joyeux Anglais. Mort aux
coquins qui ne peuvent pas donner cinq schellings pour
une tranche de bœuf! Hourra! hourra! hourra!

VI

Deux étoiles fixes.

— Ma foi, dit le commodore en s'essuyant le front, je
pense qu'il est bien permis de prendre un peu de repos,
mon cher monsieur Carter. Voilà trois heures d'horloge
que je suis Mac-Aulay pas à pas!

Il toucha le bras de Carter et lui demanda sérieusement :

— M'avez-vous vu me moucher, tout à l'heure?

— Non, milord, répondit Carter étonné.

Car cette fonction, chez nos voisins, côtoie de très-
près les rivages du pays *shocking*, et il faut toute la vogue

de Mac-Aulay pour expliquer le succès de son mouchoir.

Le commodore eut un demi-sourire.

— Je suis un original, vous savez? dit-il; quand je me
mouche, vous croiriez voir Mac-Aulay se moucher.

— Bah! fit Carter, vraiment!

— Quand je marche aussi; tenez! s'écria Robert
Davidson, qui fit quelques pas en boitant à la manière de
Christian; j'ai étudié la chose dans le silence du cabinet...
C'est un simple mouvement de hanches.

— Par derrière, on jurerait que c'est Mac-Aulay qui
marche! dit Carter avec admiration.

— Et par devant? demanda le commodore, qui fit
volte-face vivement.

— Par devant, encore mieux, milord!

— Ah! ah! s'écria Robert Davidson, je ne fais rien
comme les autres, moi! Voulez-vous me dire, M. Carter,
pourquoi on admirait tant ce Brummel et ce Courtenay?
Ce n'est pas moi qui ai jamais donné là dedans!

— Vous avez trop de goût pour cela, milord.

— Du tact, M. Carter, c'est du tact, pas davantage!

Il se découvrit involontairement pour ajouter :

— Mac-Aulay, par exemple, voilà un homme! Le
Times d'hier imprime en toutes lettres qu'il a tué dans
les jungles cent vingt-huit tigres royaux!

— J'ai lu le *Standard* ce matin, répliqua M. Carter
gravement, et le *Standard* dit cent trente-deux.

— Monsieur, fit observer le commodore avec un peu de sévérité dans la voix, le *Times* est un journal ordinairement bien renseigné... C'est mon journal!... et s'il dit cent vingt-huit, il y a gros à parier...

Il s'interrompit brusquement pour demander :

— Vous n'avez pas vu ma fille ce matin, monsieur Carter?

— Non, milord, répondit le marchand de chevaux, qui saluait en ce moment un gentleman descendant le perron extérieur.

— Serait-il indiscret de vous demander, fit Robert Davidson, qui vous saluez là, cher monsieur?

— Pas le moins du monde! C'est un membre des communes qui m'a commandé un tilbury pareil à celui de Mac-Aulay.

— Oh! les imitateurs! s'écria le commodore avec un amer dédain; servile troupeau! comme dit un poëte; je hais ces gens-là du fond de l'âme. Avez-vous remarqué mon costume du matin?

Carter tourna autour du commodore et dit d'un air stupéfait :

— Ah çà! milord, est-ce que vous avez dépouillé Mac-Aulay?

Le commodore eut envie de se jeter au cou de Carter.

— Lewis me sert une demi-heure après lui, répondit-il avec abandon. Mais vous le connaissez, vous, Mac-Aulay, M. Carter?

— Comme un simple fournisseur peut connaître un homme de son importance.

— Touchez là! s'écria le commodore qui lui tendit impétueusement la main.

Carter retira la sienne avec modestie.

— Touchez là! répéta Robert Davidson, qui ajouta en se penchant à son oreille : Quand vous aurez un attelage pareil à celui de son landau, vous me le garderez.

— C'est entendu, milord.

— Le diable, voyez-vous, c'est que tout le monde le copie, de sorte que j'ai l'air de faire comme tout le monde... moi qui jamais...

Le marchand de chevaux acheva la phrase d'un geste; et le commodore, enchanté, lui frappa sur l'épaule.

— Vous avez Filowski? dit Carter en regardant ses pieds.

Le commodore fit un signe de tête mignon. Carter regarda ses mains.

— Et Staunton aussi? ajouta-t-il.

— Vous ne me prendrez pas sans vert! s'écria le commodore, j'ai tous les gens qu'il a. Il faut bien un peu d'originalité. J'ai maintenant une question importante à vous faire, M. Carter.

— A vos ordres, milord.

Robert Davidson ôta de nouveau son chapeau.

— Lady Desdemone Bridgeton se fournit-elle chez

vous? demanda-t-il avec une sorte de recueillement.

— Je lui ai vendu son coupé.

— Ma parole, dit le commodore avec envie, vous êtes des gens bien heureux, vous autres marchands! vous fréquentez tout ce qu'il y a de mieux; il n'est point de personnage si haut placé que vous ne puissiez approcher. Dans un instant, par exemple, vous pourrez vous vanter d'avoir causé familièrement avec le commodore Davidson, le premier de nos dandys après Mac-Aulay!

Carter eut un sourire flatteur et demanda :

— Pourquoi *après*, milord?

Le commodore pâlit et mit la main sur son cœur.

— Est-ce que vous pensez, s'écria-t-il d'une voix altérée par l'émotion, que je pourrais lutter avec notre Mac-Aulay? Non, M. Carter, s'interrompit-il en secouant la tête comme pour chasser les fumées d'une ambition par trop extravagante; c'est impossible! cent vingt-huit tigres royaux! On la dit jolie, cette lady Desdemone Bridgeton?

— Plus que jolie, charmante!

— Être charmante, soupira le commodore, quand on a fait les cinq actes de *David Rizzio*, le prologue et l'épilogue! Ah! monsieur Carter, je donnerais sur-le-champ mille livres pour baiser seulement le bout de ses doigts! J'ai lu sa dernière pièce sur l'Irlande, monsieur, c'est original au plus haut degré : cela ressemble à Coleridge. Quel âge a-t-elle?

— Dix-huit ans.

Les bras du commodore tombèrent.

— Elle est mineure! dit-il; elle devait avoir tout au plus quinze ans quand elle a fait le plan de sa tragédie! Je suis sincèrement amoureux d'elle, monsieur Carter, je vous le dis sous le sceau du secret. A mon avis, le ciel sur la terre serait d'être l'ami de Mac-Aulay et l'époux de lady Bridgeton. Dix-huit ans! Cent vingt-huit tigres royaux! C'est le *Times* qui l'imprime!

Carter pensait à part lui :

— Je le sais bien, puisque cela m'a coûté dix souverains!

Le commodore tira de son gousset une montre fort élégamment ciselée.

— Déjà midi et demi! s'écria-t-il; on ne saurait imaginer la difficulté que j'éprouve à être en même temps un homme à la mode et un excellent père!

Comme Carter avait la maladresse de ne point remarquer sa montre, il la fit sonner.

— On trouve ce modèle assez distingué, reprit-il d'un air piqué.

— La montre de Mac-Aulay! dit le marchand de chevaux; milord, vous me ferez crier : au voleur!

Robert Davidson eut le rire silencieux que Cooper prête à OEil-de-Faucon.

— Le mot est joli! dit-il en remettant sa montre dans sa poche. Monsieur Carter, j'apprécie fort votre entretien, mais je suis positivement inquiet de miss Davidson. Adieu, monsieur Carter.

Tout en causant, ils avaient descendu le perron extérieur de l'établissement, et se trouvaient au milieu de la rue. Le commodore se dirigea vers son hôtel d'un pas égal et ferme d'abord; mais au bout de cinq ou six enjambées, il se frappa le front et se mit à boiter. M. Carter ne songeait plus à lui déjà, lorsqu'il le vit revenir en courant.

— Je voudrais savoir, cria-t-il de loin, combien dit le *Standard*?

— Le *Standard*, milord? répéta M. Carter, qui n'y était plus.

— Pour les tigres?

— Ah! pour les tigres! Cent trente-deux, milord.

Robert Davidson tira son calepin.

— Dix-huit ans! murmurait-il en mouillant le bout de sa mine de plomb, des tragédies...

Une rumeur se fit sur le perron. Lewis, Staunton, Filowski et les autres associés descendaient les marches en causant avec bruit.

— Bonjour, messieurs, bonjour, dit le commodore, qui leva la tête. Je suis en train de chercher ma fille, et je prends quelques notes rapides... Dix-huit tigres royaux! s'interrompit-il en écrivant, c'est-à-dire, non! cent vingt-huit ans!... Non!... il y a bien de quoi perdre la tête!

— Ah! milord, dit Lewis, pendez-vous! la rencontre a eu lieu. Christian Mac-Aulay et lady Bridgeton se sont salués dans le parc.

Les lèvres du commodore tremblèrent, il devint blême comme un mourant. Puis, laissant échapper une exclamation tragique, il se jeta tête baissée au milieu de la foule qui commençait à sortir de l'établissement.

— Qu'a-t-il donc? demanda Filowski.

— Il a la fièvre de Mac-Aulay, répondit Carter, cette chère fièvre qui doit emplir nos caisses. C'est une fureur, c'est un délire! Nos frais sont déjà couverts. Dans un mois, nous aurons gagné trois cents pour cent!

— Depuis hier seulement, dit Lewis, j'ai vendu deux cent cinquante gilets Mac-Aulay.

— Moi, quatre-vingts paires de bottes Mac-Aulay, ajouta Filowski.

— Moi, appuya Staunton, cinq cents douzaines de gants Mac-Aulay, nuance Mac-Aulay, parfum Mac-Aulay!

Les autres marchands déclarèrent des résultats non moins avantageux.

— Mac-Aulay, Mac-Aulay! prononça Carter avec une religieuse tendresse, il y a des millions dans ce nom-là! Sa santé est toujours bonne, n'est-ce pas?

— Bonne, repartit Filowski, à l'exception d'un misérable cor au pied qui le fait bien souffrir!

Les fournisseurs se regardèrent, et il y eut un silence.

— J'ai entendu dire, commença Lewis d'un air

sombre, que les cors négligés pouvaient devenir dangereux.

— Au commencement de ce siècle, ajouta Staunton, un jeune Irlandais du nom de Peter Lough, domicilié à Castlebar, dans le comté de Mayo, s'étant fait opérer un cor à l'aide d'un instrument peu convenable et d'ailleurs malpropre, la fièvre nerveuse s'ensuivit, et le malheureux jeune homme mourut du tétanos.

Un cri de terreur s'étouffa dans toutes les poitrines.

— Messieurs, dit Carter, un convoi spécial peut amener ici en deux heures les premiers médecins de Londres.

— Les médecins, soupira Staunton, ne peuvent rien contre le tétanos!

— Ma parole, s'écria Carter, je ne puis m'empêcher de frémir quand je songe que notre cher lord est mortel comme vous et moi!

On ne répondit point. Les imaginations travaillaient. On lançait déjà des regards inquiets vers le péristyle, et chacun s'attendait presque à voir paraître Christian pâle et défait, luttant contre ce durillon perfide qui devait le conduire au tombeau.

Une voiture élégante vint s'arrêter au bas des degrés.

— Le coupé de lady Bridgeton! dit Carter; elle se porte bien, celle-là! sa couturière n'a rien à craindre.

Toutes les têtes se découvrirent à la fois, comme si un mécanisme ingénieux eût arraché du même coup tous les chapeaux de l'association. Un bon vent de sérénité passa sur tous ces fronts nus, et les lèvres désolées retrouvèrent soudain des sourires.

Christian Mac-Aulay venait de paraître au haut des marches, donnant le bras à une jeune femme éblouissante de toilette, éblouissante surtout de beauté.

Christian avait le teint frais, l'œil brillant, et nul symptôme de tétanos ne se montrait dans sa personne.

Les fournisseurs se retirèrent à distance respectueuse de l'équipage, saluant du torse et de la main. La foule encombrait déjà les degrés du perron. Parmi le murmure confus qui s'élevait, on distinguait de tous côtés ces deux noms radieux : Christian Mac-Aulay, lady Bridgeton.

Christian offrit la main à la jeune dame, qui s'y appuya légèrement pour sauter dans la voiture; Christian y monta derrière elle; la portière se ferma, et le magnifique attelage descendit au galop vers la grève.

— Dieu soit loué, dit Carter, il a bonne mine!

Les gentlemen qui boitaient naguère sur les pas de Christian, et quelques autres gentlemen disséminés dans la foule, vinrent se joindre aux fournisseurs, qui les emmenèrent aux Armes de Cumberland, où un bon déjeuner était servi. On se mit à table, et la santé de Christian fut portée par tous les membres de cette grande famille qui vivait pour lui et par lui.

Est-il besoin de dire qu'outre les gentlemen employés

par l'association, il y avait des dames? Ceux qui savent avec quel soin parfait l'industrie de nos voisins organise le succès, pourront affirmer que les dames sont d'une utilité majeure dans l'ensemble des opérations.

La claque de nos théâtres, essai informe et grossier, ne peut donner aucune idée des sublimités de ce grand art qui dompte le sort et supprime les caprices de la vogue.

Les Anglais ont trouvé le mot *puff* pour désigner cette divinité plus forte que le hasard. Nous autres Français, nous rions du *puff* parce que nous ne le comprenons pas. Les vrais philosophes savent bien qu'en dehors du *puff*, le monde civilisé est désormais sans avenir.

Pendant que les associés directeurs de la grande entreprise et les gentlemen claqueurs dégustaient ensemble le porto et le claret, Christian tenait dans sa main la main de la délicieuse lady Bridgeton, et les deux étoiles fixes étaient en tête-à-tête.

Christian ne pouvait se lasser de contempler sa compagne, qui avait l'œil humide et la joue couverte de rougeur.

— Ma parole! s'écria Christian en portant la main de la jeune femme à ses lèvres, tu es cent fois plus jolie qu'autrefois, Jane!

— Vous trouvez, monsieur Mac-Aulay? répliqua lady Bridgeton en minaudant.

— Tu es adorable! Mais tu as donc fait fortune, Jane?

Jane prit un petit air sérieux.

— Je possède une jolie aisance, répondit-elle.

La voiture roulait silencieusement sur le sable fin de la grève; l'air était doux; la mer chantait en festonnant sa légère frange d'écume. La foule était loin déjà. Christian mit la main de Jane sur son cœur, qui battait; Jane, souriante et plus pâle, lui tendit son beau front.

Ce n'est pas cent livres, ce n'est pas mille livres, c'est sa fortune entière que le commodore Davidson eût donnée pour voir comment les deux étoiles fixes se comportaient dans le tête-à-tête!

VII

Tête à tête.

Le généreux Tom Borne avait donné à Jane les indications nécessaires pour retrouver Christian, et cependant, depuis un mois qu'il s'était enfui du domicile commun, Christian n'avait point revu Jane. Il s'était dit : « Elle a perdu ma trace, » et le tourbillon de sa gloire nouvelle l'avait emporté.

Plus d'une fois, pourtant, l'image de Jane avait visité ses nuits. Jane lui apparaissait tantôt souriante et joyeuse comme aux jours de leur bonheur; tantôt triste, le front incliné, les yeux baignés de larmes. Et dans la joie comme dans les pleurs, Jane lui apparaissait toujours belle.

L'ambition s'était emparée de lui, son cerveau s'emplissait de fumée, mais il aimait toujours Jane dans un coin de son cœur.

Quant à Jane, la chose certaine est qu'un mois tout entier s'était écoulé sans qu'elle eût fait la moindre démarche pour se rapprocher de Christian. Elle avait eu, en vérité, des occupations aussi graves que celles de Christian lui-même. Les éditeurs de revues et les directeurs de théâtre ne lui laissaient pas un instant de repos. Jane avait, comme Christian, son hôtel à Londres dans le West-End; Jane menait un train de vie fort brillant, et certes c'était ironie pure quand, tout à l'heure, elle avait répondu à la question de Christian : Je jouis d'une modeste aisance.

Il y a une source inépuisable d'étonnement : c'est l'adresse et l'habileté des femmes. Jane avait quitté la ferme du bonhomme Saunders pour suivre Christian. Il n'y avait point de lacune dans sa vie : comment avait-elle pu, à l'insu de Saunders et à l'insu de Christian, composer ces élégies dont toute l'Angleterre parlait, ces dithyrambes ardents et ce drame étrange de *David Rizzio* qui menaçait de faire crouler, chaque soir, sous les applaudissements, les vieilles murailles de Covent-Garden?

1

Un grain de mystère ne nuit pas. Jane avait sans doute consacré à la poésie les heures du sommeil, et tandis que les sots font grand bruit de leurs platitudes, on voit souvent les esprits d'élite se cacher avec soin pour enfanter des chefs-d'œuvre.

Jane était lady Bridgeton, voilà le fait. Le secret de son labeur lui appartenait. Molière a dit : « Le temps ne fait rien à l'affaire. » Si le succès venait à Jane en dormant, tant mieux pour elle!

Christian ignorait complétement la transformation de Jane. Lorsque ce séducteur songeait à sa victime, il la plaignait de tout son cœur.

Christian était tout jeune et n'avait pas en lui l'étoffe d'un Lovelace. Il était assurément à la hauteur de son rôle de lion; mais l'importance même qu'il accordait à ce rôle prouvait la candeur native de son âme.

Jane était une de ces femmes qui n'aiment qu'une fois et qui aiment si bien, qu'elles font un piédestal à leur idole. Dans la lutte qui allait s'établir, elle avait sur Christian cet avantage de le savoir par cœur, de connaître le fort et le faible de son ancien amant. Christian, lui, n'avait vu Jane que sous certains aspects. On l'eût fait tomber de son haut en lui apprenant que Jane était une femme de génie. Le bruit qui se faisait autour de lui depuis un mois le rendait sourd; il avait, sans nul doute, entendu parler de lady Bridgeton, mais que lui importait cette nébuleuse qui ne se mouvait point dans son ciel? Il était à cent lieues de penser que lady Bridgeton et Jane étaient une seule et même personne.

Ce n'était point lady Bridgeton qu'il avait rencontrée dans le parc, c'était Jane. Tandis que les badauds s'émerveillaient au choc des deux étoiles fixes, Christian, comme un bon garçon qu'il était au fond, condescendait tout uniment à ne point faire le fier avec une ancienne connaissance. Dans le premier instant, disons-le à sa louange, il s'était livré sans réserve au plaisir, et si un scrupule troublait sa joie, c'est que cette brillante toilette et cet équipage élégant devaient avoir une origine plus ou moins romanesque.

Christian se souvenait fort bien de n'avoir laissé dans sa chambre qu'une table et une chaise.

— Ma pauvre Jane, dit-il, cherchant déjà le biais pour enlever une explication, tu as dû m'accuser bien cruellement!

— J'ai pleuré pendant deux jours, répliqua Jane.

Christian la regarda, croyant qu'elle allait continuer; mais elle soutint son regard en souriant.

— Deux jours! répéta Christian.

— Tu trouves cela bien long? demanda Jane qui éclata de rire.

Christian détourna la tête. Jane lui prit la main et la pressa contre son cœur.

— Méchant! murmura-t-elle avec émotion, au moment où tu m'abandonnais ainsi, moi je revenais bien joyeuse, avec de l'argent pour te sauver.

— Ah! fit Christian, assez d'argent pour acheter un équipage?

— Mon parent de Bond-Street était mort, répondit Jane.

Christian respira plus librement.

— Toute seule, reprit Jane qui devint sérieuse, dans cette chambre nue!... pas un mot d'adieu! Était-ce pour cela, Christian, que vous m'aviez enlevée à mon oncle Saunders, à mon bonheur innocent et tranquille?

Christian leva les yeux au ciel.

— Tes reproches ne pourront jamais égaler mes remords, prononça-t-il d'un accent théâtral.

— Alors, s'écria Jane lestement, n'en parlons plus! Aussi bien, puisque te voilà retrouvé, je tâcherai de croire que je ne t'ai jamais perdu.

Elle lui serrait les mains tendrement, et son regard caressant lui demandait un sourire. Christian, sans le savoir, prit un ton protecteur :

— Vois-tu, ma pauvre Jane, prononça-t-il lentement, je me suis dit tout ce qu'on peut se dire. Mais il ne faut pas me toiser à la mesure commune, c'est clair! Tu sais bien qu'on ne se fait pas. Il y a évidemment du don Juan dans ma nature.

Les cils soyeux et recourbés de Jane se baissèrent pour voiler l'éclair moqueur qui s'allumait dans son œil.

— Et puis, poursuivit Christian dont la voix prenait plus d'emphase, l'ambition, ma chère, tu vas comprendre...

certaines gens sont prédestinés, personne ne nie le fait.
Vois un peu comme je suis à l'aise sous mon manteau de
roi de la mode! Cette main-là s'est faite au sceptre tout
naturellement... J'ai confiance en toi, Jane, et je puis
bien te le dire : j'ai rêvé un mariage colossal!

Christian s'arrêta, croyant qu'il allait entendre quelque
protestation énergique; mais Jane se bornait à faire une
petite moue malicieuse et sournoise qui lui allait à ravir.

— A propos de mariage, murmura-t-elle, j'ai eu des
nouvelles de la ferme par Gibbie qui est venu vendre ses
bœufs à Smithfield. Pauvre Gibbie! je l'ai embrassé de
bon cœur pour l'amour de l'oncle Saunders... Et Gibbie
m'a dit que l'oncle avait juré ses grands dieux qu'il te
romprait les os si tu ne m'épousais pas... Te souviens-tu
du gourdin de mon oncle?

— Je ne plaisante pas! dit Christian qui haussa légèrement les épaules.

— Si jamais gourdin fut sérieux, répliqua Jane, c'est
assurément celui de mon oncle Saunders.

— Deux cent cinquante mille francs de revenu! chiffra
Christian d'un ton confidentiel.

— Ah! fit Jane qui se redressa, la petite blonde fade
que nous rencontrâmes sur le paquebot de Richmond?

Christian hocha la tête tant pour répondre affirmative-
ment que pour repousser le mot *fade*.

— Vous y pensez donc toujours? demanda Jane.

— Plus que jamais! Ces environs de Brighton sont

délicieux, il n'y a pas à dire. Je rencontre souvent miss Amy à la promenade, et j'ai cru m'apercevoir...

— Il est devenu fat, déplorablement! pensa Jane.

Elle ouvrit la portière de sa voiture et jeta un long regard sur la grève.

— Le fait est, murmura-t-elle en étouffant un soupir, qu'on est bien ici pour aimer.

Christian prit cela pour une plainte de ce pauvre cœur blessé; il eut compassion. Il regarda Jane en vainqueur clément et secourable.

— Sais-tu que j'étais fou de toi? s'écria-t-il.

— Et moi donc! reprit Jane; quand je songe à mon amour d'autrefois, je me demande si c'est un rêve!

Christian tressaillit comme si une abeille l'eût piqué.

— Est-ce que tu ne m'aimes plus? demanda-t-il naïvement.

— Dame!... fit Jane toute confuse.

Christian garda le silence, mais il pensait à part lui :

— Comptez donc sur les femmes!

Il s'éloigna de Jane et mit la tête à l'autre portière. Jane suivait de l'œil chacun de ses mouvements et se disait :

— « Mon pauvre ami, tu n'es pas au bout! »

— Je vais te parler franchement, mon Christian, reprit-elle tout haut; tu as eu grand tort de m'abandonner comme cela, doublement tort! Pourquoi ne pas garder les procédés? Tu n'avais qu'un mot à dire.

— Hein? fit Christian; dès ce temps-là?

— Nous nous serions séparés à l'amiable, acheva Jane.

— Vous ne m'aimiez donc plus?

Jane eut une hésitation marquée et prononça comme à regret :

— Mon Dieu, Christian, je commençais à réfléchir.

Elle avait les yeux baissés; sa pose était charmante et faisait valoir les gracieux trésors de sa taille; un rayon de soleil mettait de gais reflets dans les boucles prodigues de sa chevelure. Christian ne l'avait jamais vue si belle.

Il eut le cœur serré véritablement; ses lèvres se crispèrent; une nuance de pâleur vint à sa joue.

— A cette époque, balbutia-t-il, vous aviez déjà distingué un autre homme?

— Hélas!... fit Jane.

— Et maintenant vous l'aimez?

Un profond soupir souleva la poitrine de Jane tandis qu'elle murmurait :

— J'en ai bien peur!

— A merveille! s'écria Christian, et c'est à moi que vous venez dire cela!

— Mon Dieu, répondit Jane doucement, comme vous me faisiez vos confidences pour votre mariage...

— Mariage d'argent!... mais peut-on savoir le nom de l'heureux mortel?

Jane parut se recueillir, et un sourire pensif éclaira son joli visage.

— Avez-vous rencontré quelquefois, demanda-t-elle, un jeune gentilhomme à l'air doux et distingué? cheveux noirs, taille fière, regard profond et sentimental?

— Il y a le commis de Lewis, mon tailleur, répliqua Christian insolemment, qui ressemble un peu à ce portrait.

— Est-ce que vous seriez jaloux, Christian? demanda Jane avec simplicité.

— Moi? quelle folie!

— A la bonne heure! Eh bien, le jeune gentilhomme dont je vous parle n'est pas le commis de votre tailleur Lewis. Il est baronnet de son état et se nomme sir Edgard Lindsay.

— Bah! fit Christian étonné, le fiancé de ma future!

— Oh! le fiancé! répéta Jane qui se rengorgea, nous verrons bien!

— Et c'est ce petit gentleman...?

— Comme il est beau, n'est-ce pas? interrompit Jane dont la voix trembla.

—C'est suivant les goûts, dit Christian avec sécheresse.

Il se détourna brusquement parce qu'il se sentait faire ridicule figure.

— Jane a raison, ma parole d'honneur! pensait-il dans son dépit croissant, je suis jaloux! c'est du dernier burlesque!

Sans faire semblant de rien, Jane l'examinait du coin de l'œil et donnait une signification à ses moindres mouvements; son cœur battait; elle avait grand'peine à dissimuler son triomphe et se disait :

« Il m'aime encore! »

— Mon Christian, reprit-elle tout haut avec coquetterie, quoi qu'il arrive, nous serons toujours amis, n'est-ce pas?... Mais qu'as-tu donc? est-ce que tu me boudes?

— Du tout! fit le lion.

— Si malheureusement j'avais continué de t'aimer, cela t'aurait entravé dans tes grands projets...

— Évidemment.

— Et moi, songe donc, comme j'aurais souffert!

— Sans doute.

— Au lieu que, poursuivit Jane, radicalement guérie comme je le suis...

Le lion secoua sa crinière et lui prit la main rondement.

— Allons! interrompit-il, tu as cent fois raison, Jane! tout est pour le mieux, et nous n'étions pas faits l'un pour l'autre. Nous sommes de vieux amis, voilà!

En parlant, il examinait Jane à son tour. Jane lui secoua la main et répéta d'un ton joyeux :

— Voilà!

Mais le diable n'y perdait rien, et Jane avait envie de pleurer. Elle se disait tout au fond de son cœur :

« J'avais trop espéré! »

— Voyons, Jane, reprit Christian qui ne la perdait pas de vue, entre amis on ne se gêne pas. Voulez-vous me rendre un petit service relativement à mon mariage?

— Avec plaisir, répondit Jane qui ne sourcilla pas.

« Les femmes! les femmes! pensa Christian. »

— Nous parlons maintenant affaires sérieuses, conti-nua-t-il tout haut. Vous savez, Jane, que je n'ai pas de fortune, malgré tout le fracas qu'on fait autour de moi. La fille du commodore est riche à millions; pour arriver jusqu'à elle j'aurai peut-être besoin d'appui. Vous êtes charmante, vous avez pris des façons on ne peut plus distinguées : je crois qu'il vous serait bien aisé d'entrer en relations avec miss Amy et son père.

— Plus facile encore que vous ne le croyez, Christian.

— Eh bien! le ferez-vous?

— Je le ferai de tout mon cœur.

Christian resta bouche béante; à son avis, ceci passait les bornes.

L'équipage avait quitté la grève et montait l'avenue qui conduit au fameux pavillon chinois, bâti par le roi Georges.

— Je n'ai pas besoin de vous remercier, reprit Chris-tian après un silence.

— Mon Dieu, non, répondit Jane, d'autant mieux que j'ai, moi aussi, un service à vous demander.

— Ah! fit Christian.

— Dick! appela Jane, arrêtez!

Le cocher serra le mors. La voiture était en travers d'un sentier tortueux et plein d'ombre, qui s'enfonçait dans le parc du prince de Galles.

— Vous allez descendre ici, Christian, dit Jane ; chacun a ses petites affaires.

— Vous aviez un service à me demander? balbutia le lion tout à fait hors de garde.

— C'est juste, répliqua Jane, je voulais vous prier de ne pas me suivre.

Christian avait descendu le marchepied. Il était debout, dans l'avenue, le chapeau à la main.

— Vous cherchez quelqu'un? demanda-t-il.

Jane fit un signe de tête mignon qui équivalait au oui le plus explicite.

— Le beau sir Edgard?... dit encore Christian essayant de railler.

— Vous êtes bien curieux, monsieur Mac-Aulay! repartit Jane qui eut un fier sourire. Allez, Dick! commanda-t-elle.

Les deux beaux chevaux prirent aussitôt le grand trot et s'engagèrent dans l'allée ombreuse qui traversait le parc. Jane mit la tête à la portière, et comme si elle eût eu pitié du pauvre lion qui restait là, planté au milieu de la route, elle lui envoya un gracieux baiser en disant :

— Au revoir, mon Christian!

Puis l'équipage disparut derrière les grands chênes. L'instant d'après, à une centaine de pas de là, Christian vit un tilbury qui traversait la route ventre à terre et qui s'engageait, lui aussi, dans le parc. Il enfonça son chapeau sur ses yeux et redescendit vers la grève.

VIII

Tom Borne.

La grève était solitaire; la mer montait, apportant sur la plage son fardeau d'algues et de goëmons. Chaque souffle de brise dispersait l'écume folle à la crête des lames. Tout le monde est poëte en face de la mer. Christian s'assit sur un quartier de roc et se prit à rêver.

La première fois qu'il l'avait vue, c'était dans un petit sentier courant parmi les prairies et descendant au gué de la rivière où le berger de Saunders menait boire les bestiaux.

Par un beau soir d'été, miss Jane s'asseyait au revers
du talus, dans l'herbe fleurie; elle tenait à la main un livre
ouvert, et Christian se souvenait bien que ce livre était
la chère histoire du prêtre de campagne écrite par Oli-
vier Goldsmith. Le vent avait porté à quelques pas le
chapeau léger de miss Jane. Les belles boucles de ses
cheveux noirs inondaient son visage.

Christian se rappelait tous ces détails comme si la
rencontre avait eu lieu la veille. Le cœur de Christian
battait. Il ne se souvenait plus quelles paroles étaient
tombées de ses lèvres quand il avait abordé Jane, mais
il voyait cette rangée de perles dans sa bouche entr'ouverte par le sourire, le rose vif qui vint à sa joue; il
entendait l'écho de sa voix douce comme un chant.

Et il se disait :

— Elle l'aime! Y a-t-il dans le monde entier une
plus adorable créature!... Elle aime cet Edgard Lindsay,
maintenant!... A qui la faute?

La seconde fois, il avait rencontré Jane sous les
saules, au bord de la Derwent; le regard de la jeune fille
était déjà plus timide : on eût dit qu'elle avait frayeur.
Ils marchèrent longtemps côte à côte, suivant le cours
tranquille de la petite rivière. Le chapeau de paille de
Jane pendait au ruban passé à son bras. Au lointain, les
bœufs énormes mugissaient dans les pâturages; un son
de cloche tinta à la ferme de Saunders, et Jane s'enfuit à
cet appel.

Christian joignit les mains et demanda : «Reviendrez-vous? » Jane répondit bien bas : «Peut-être. » Et le lendemain elle se promena plus longtemps sous les saules.

Ils étaient loin les saules de la Derwent! plus loin ces douces félicités de l'amour qui va naître! Christian souleva son chapeau pour donner son front brûlant à la brise du large.

— Elle l'aime! répéta-t-il. C'était un rendez-vous qu'elle avait avec lui dans le bois!

Un rendez-vous! Quelles bonnes causeries, le soir, dans le verger, sans crainte du chien de la ferme, rendu muet par une caresse de Jane! Un rendez-vous! avait-elle donc oublié ces serments répétés tant de fois? Avait-elle donc oublié cette soirée d'orage où il fallut chercher un abri dans la cabane abandonnée d'un berger?

Jane pleurait ce soir-là en retournant à la ferme et ce fut elle qui demanda : « Reviendrez-vous? »

Christian frappa du pied contre le rocher qui n'en pouvait mais.

— Elle l'aime! elle l'aime!

Christian essaya de songer au front virginal de miss Amy, auquel deux cent cinquante mille francs de revenu faisaient une si enviable auréole, mais il n'était pas dans ses jours de calcul; l'image de Jane rayonnait au-devant de ses yeux. D'ailleurs, il rencontrait encore là ce jeune M. Edgard Lindsay qui semblait mis au monde pour lui faire obstacle en avant comme en arrière.

Il se leva brusquement, et la colère souffla sur son rêve langoureux.

— Que le diable l'emporte celui-là! s'écria-t-il avec un juron de circonstance; vit-on jamais un étourneau plus gênant? Je le trouve partout: auprès d'Amy, auprès de Jane. Par le ciel, je réglerai mes comptes avec lui!

Il marchait maintenant à grands pas vers la ville. Sa pensée confuse allait et venait au hasard. Vous l'eussiez entendu murmurer :

— Jane est beaucoup plus belle qu'Amy, c'est certain. Plus d'expression dans le regard! Et quelle différence de tournure! Mais, après Jane, miss Amy est assurément la plus jolie personne que j'aie rencontrée... Je suppose que ce sir Edgard ne fera pas la sourde oreille; un mot suffira.

Il s'arrêta court et regarda autour de lui.

— On est admirablement sur cette grève, dit-il, pour se couper la gorge.

Le soleil était descendu sous l'horizon et la brune tombait. Christian tressaillit et pensa tout haut :

— Il doit faire nuit maintenant dans le bois... Le parent de Bond-Street! reprit-il en hochant la tête. Tout cela est très-bien, mais elle est mineure. J'aurais dû lui demander de plus amples explications... Si par hasard...

Il n'acheva pas, et ses deux mains croisées se crispèrent.

— Oh! non! non! s'interrompit-il avec chaleur, je connais Jane, c'est le cœur le plus digne et le plus fier qui soit au monde! Et puis, s'interrompit-il encore en poussant un long soupir, que m'importe cela maintenant? La conduite de miss Jane ne me regarde plus!

Il regagna Brighton et suivit la rue du Prince dont les larges trottoirs étaient momentanément déserts. C'était l'heure du dîner; il n'y avait dehors que les allumeurs de gaz. Christian monta au hasard le perron de l'établissement royal et entra dans un salon dont toutes les tables étaient vides. Il prit un journal et se mit à lire les débats du parlement français ou du parlement belge, à moins que ce ne fussent les débats du congrès américain.

Christian aurait été fort empêché de nous renseigner à cet égard; il n'y avait qu'une chose pour lui dans ces colonnes monstrueuses, encombrées de phrases fatigantes : Elle l'aime! elle l'aime!

Pendant qu'il était là, caché derrière l'immensité du journal, et paraissant plongé dans sa lecture, l'honorable bataillon des fournisseurs associés parut à la maîtresse porte. Depuis le matin ces messieurs cherchaient l'occasion d'offrir leurs respectueux hommages au lion. Ils s'avancèrent discrètement et chapeau bas; Carter, Staunton, Lewis et Filowski marchaient en tête comme étant les plus importants. Ils s'arrêtèrent tous quatre de front devant la table et attendirent que Christian daignât les apercevoir.

— Sont-ils encore dans le bois à cette heure? dit tout à coup Christian qui froissa le journal avec rage.

Les fournisseurs saisirent ce moment pour s'incliner à la ronde, et M. Carter, le plus éloquent de tous, prit la parole.

— Nous serait-il permis, dit-il avec un sourire de courtisan, de présenter à notre cher lord l'expression de nos sentiments dévoués?

Christian haussa les épaules et reprit le journal.

— Encore vous! répliqua-t-il avec humeur.

L'association perdit ses sourires.

— Messieurs, s'écria Christian dont les sourcils se froncèrent, je suis fort mécontent!

L'armée des fournisseurs s'agita, inquiète, et Carter balbutia :

— Si Votre Seigneurie prenait la peine de nous dire...

— La paix! interrompit Christian, vos façons de beau parleur me déplaisent, monsieur Carter!

Le marchand de chevaux se déroba aussitôt derrière Filowski et Staunton.

Lewis, consterné, fit trois saluts comme un régisseur de théâtre, et dit :

— Nous ne demandons qu'à savoir...

— Vous devez deviner, monsieur ! s'écria Christian avec rudesse. Je vous répète que je suis extrêmement mécontent!

Il se leva et passa la main sous le revers de son habit.

— Y a-t-il quelque chose que nous puissions faire
demanda en tremblant Filowski.

Christian leur tourna le dos, et les fournisseurs échangèrent des regards de désolation.

Dans la chambre voisine on entendit une voix essou-
flée qui disait :

— Je suis au comble de l'inquiétude, très-positivement

Cette voix appartenait au commodore Davidson qui
s'élança dans le salon en agitant ses bras de télégraphe
Il alla droit aux fournisseurs déconfits et répéta :

— Au comble de l'inquiétude, messieurs! Je pense
qu'on a enlevé ma fille! Quelqu'un de vous l'a-t-il vue?

Comme personne ne répondait, il ajouta en changeant
de ton et avec une volubilité soudaine :

— Mais il y a quelque chose de plus grave : savez-vous
la nouvelle? Lady Desdemone Bridgeton a disparu depuis
ce matin. On l'a vue partir dans sa voiture avec Mac-
Aulay... et Mac-Aulay est revenu tout seul à pied.

Christian, qui arpentait la chambre, saisit son nom
la volée et s'arrêta pour écouter.

— Ah çà, qu'ont-ils donc ces gens-là? s'interrompit le
commodore en parcourant de l'œil le cercle muet des
fournisseurs.

Il vit tous les regards timides tournés vers un personnage qui se tenait debout à l'autre extrémité du salon. Il
braqua son binocle et poussa une joyeuse exclamation.

— Mac-Aulay! dit-il, je le tiens!

Il prit impétueusement sa course et traversa le salon
en trois enjambées.

« J'ai oublié de boiter! pensa-t-il en arrivant devant
Christian. Mauvais début! »

— Monsieur, reprit-il tout haut, je n'ignore pas
qu'entre gentlemen on ne se parle pas avant d'avoir été
présenté l'un à l'autre. Mais je foule aux pieds les usages,
moi, monsieur : je suis un original.

Christian abaissa d'abord sur lui, sans répondre, son
regard dédaigneux; mais il se ravisa tout de suite et s'inclina courtoisement en disant :

— Ah! le commodore Davidson!

Le commodore recula d'un pas, foudroyé par la joie.

« Il sait mon nom! pensa-t-il. »

Comme Christian avait toujours la main sous le revers
de son habit, le commodore prit la même pose.

— Monsieur Mac-Aulay, dit-il avec modestie mais
sans bassesse, je vous prie de croire que j'avais mes rai-
sons pour vous aborder. Je voulais vous demander si
c'est bien cent vingt-huit, comme l'écrit le *Times,* ou cent
trente-deux tigres royaux, comme l'imprime le *Standard,*
que vous avez tués dans les jungles.

— C'est cent trente, monsieur, répondit Christian.

Le commodore fit un geste d'indignation.

— Voyez ces journaux! s'écria-t-il; jamais un mot de
vrai! Voulez-vous me donner la main, monsieur Mac-
Aulay?

Christian lui tendit le doigt d'un air si aimable, q
les fournisseurs, restés à l'affût, se déridèrent.

— C'était un nuage, dit Carter, il peut se vanter
nous avoir fait une belle peur!

— Comme cela, s'écria le commodore enchanté, vo
avez entendu parler de moi?

— Je crois bien! répondit Christian, le fameux com
modore Davidson! *l'eccentric* par excellence! l'homm
qui ne fait rien comme les autres!

— Quant à cela, rien, monsieur Mac-Aulay. Plu
mourir!

— Le père de la charmante miss Amy, contin
Christian.

Le commodore se redressa et prit aussitôt un a
affairé.

— A propos, dit-il, l'auriez-vous vue, par hasard?

— Je n'ai pas eu cet honneur.

Le commodore tira son portefeuille et y prit un cur
dents qu'il mit dans sa bouche.

— Savez-vous l'idée que j'ai? dit-il très-froidemen
elle se sera fait enlever.

— Comment! enlever! s'écria Christian avec vivacit
y pensez-vous?

— Miss Davidson, monsieur Mac-Aulay, a toujou
montré beaucoup de caractère.

— Mais il faut courir, monsieur, il faut...

— Du tout! fit le commodore en fermant les yeux
demi.

L'agitation de Christian contrastait étrangement avec le calme du commodore. Ce calme était si bizarre que Christian crut à une plaisanterie. Il exprima ses doutes à ce sujet et Robert Davidson fut sur le point de se fâcher.

— Par le diable! dit-il, je parle sérieusement, je suis prêt à parier mille livres si vous voulez.

— Parier quoi? demanda Christian.

— Que miss Davidson s'est fait enlever, repartit le commodore.

Christian ne répondit pas et resta stupéfait.

Robert Davidson, qui se contenait depuis deux ou trois minutes, laissa éclater tout à coup son légitime orgueil.

— Ah! ah! cria-t-il en se frottant les mains; vous ne comprenez pas cela, n'est-ce pas, monsieur Mac-Aulay? Vous avez affaire à un terrible original!

Il le saisit par le bouton de son habit.

— Dites-moi, continua-t-il, est-il vrai qu'une fois, dans l'Inde, un tigre vous prit par la peau du cou et vous emporta dans sa tanière?

— Cela est vrai, monsieur; mais revenons à miss Davidson...

— Alors, monsieur Mac-Aulay, vous allez pouvoir me dire si c'est très-intéressant l'intérieur de la tanière d'un tigre.

— Au nom du ciel, monsieur, s'écria Christian avec sévérité, trêve de folies! Votre fille...?

Le commodore était véritablement aux anges ; il étonnait Mac-Aulay lui-même.

— Ma fille? répéta-t-il. De deux choses l'une, monsieur, ou elle s'est fait enlever, ou elle ne s'est pas fait enlever. Je vous prie de suivre mon raisonnement; si elle s'est fait enlever, tant pis!

— Mais..., voulut dire Christian.

— Permettez! Si elle ne s'est pas fait enlever, tant mieux!

— Par exemple!...

— Mon Dieu! monsieur Mac-Aulay, je vous mets au défi de trouver une autre alternative!

— Vous ne voulez pas m'entendre...

— Si fait... mais vous allez voir, j'ai tout prévu. Dans le cas où elle ne se sera pas fait enlever, vous comprenez que tout reste en l'état. Dans le cas où elle se serait fait enlever, je la déshériterais.

Christian fit un mouvement. Le commodore le regarda en face, et il cligna de l'œil en homme qui va frapper un grand coup.

— Je la déshériterais, répéta-t-il, et je vous ferais mon légataire universel, si vous le vouliez bien, mon cher monsieur Mac-Aulay.

Christian recula tout abasourdi, tandis que le commodore se félicitait lui-même chaudement et triomphait dans son cœur.

« Assurément pensait-il, Mac-Aulay ne s'attendait

pas à cela. Il marche de surprise en surprise et je fais sur lui un effet prodigieux! »

— Que veut ce rustre? s'interrompit-il en tournant sur lui-même au choc d'une robuste et large épaule.

Un homme bas sur jambes, vêtu d'un vieil habit noir trop étroit pour ses vastes entournures et ressemblant assez à un porteur de charbon retiré des affaires, s'était mis sans façon entre les deux gentlemen. Les fournisseurs avaient échangé quelques mots en regardant cet homme avec défiance; ils se rapprochèrent pour protéger leur lord, au cas où sa précieuse sûreté serait menacée.

— Bonjour, dit le nouveau venu, qui tendit sa main sale à Christian; comment vous va depuis le temps?

Un certain trouble se montra sur le visage du lion.

— Qui êtes-vous? demanda-t-il.

— Oh! oh! répliqua le nouveau venu avec l'accent traînard des Normands de Jersey; vous avez donc oublié déjà la maison là-bas!... la table et la chaise?... Qui je suis? Je me porte bien et je ne change pas de visage tous les mois. Je suis Tom Borne, votre vieil ami, qui a fait le voyage de Londres à Brighton et a acheté un habit noir tout exprès pour savoir de vos nouvelles.

— Parlez plus bas, dit Christian.

Heureusement que le commodore était en train de se creuser la cervelle pour trouver une excentricité tout à fait renversante. Le commodore, entre autres manies, avait celle de visiter les maisons vacantes, non point pour les louer, mais pour apprendre aux gardiens de ces maisons qu'il était un original. Depuis le jour où nous l'avons vu, pour la première fois, dans la pauvre chambre de Christian, le commodore avait dû visiter deux ou trois douzaines d'appartements. La figure de Tom Borne n'avait éveillé aucun souvenir dans son esprit.

— Je parlerai comme il vous plaira, répondit celui-ci, pourvu que vous soyez convenable avec moi.

— Que voulez-vous ? demanda Christian.

— Je ne veux que cinquante livres, répliqua Tom Borne, pour aujourd'hui.

— Cinquante livres !

— J'ai quitté ma place de gardien, poursuivit Tom paisiblement; je ne veux plus travailler, vous sentez bien?... J'aime mieux vivre de vos rentes.

IX

Lady Desdemone Bridgeton.

Quelques habitués commençaient à circuler dans les galeries, on entendait des cliquetis métalliques du côté des salons de jeu. Christian regarda autour de lui et vit que plusieurs tables étaient occupées.

Tom était toujours campé à la même place; il avait la main tendue, et un sourire insolent restait à demeure sur son visage. C'était un diplomate que ce Tom. Il avait pris patience depuis un mois; il avait laissé se faire la position de Christian. Il comprenait merveilleusement ce

que cette position, bâtie sur fond de *puff*, avait de chan-
celant et de fragile. Il se sentait le maître.

— Allons, dit-il, faudra-t-il faire du bruit?

Christian ouvrit son portefeuille et en retira une banknote au moment où le commodore revenait à lui. Le
commodore put lire au coin du papier de banque le mot :
Fifty, écrit en lettres grasses et gothiques.

— Dieu vous le rende! disait à cet instant Tom
Borne avec une gratitude ironique.

« Cinquante livres! pensa le commodore, une aumône
de cinquante livres sterling! Ce Mac-Aulay doit avoir
une fortune colossale! »

Tom se retourna vers Carter et lui tendit la main.

— A vous! dit-il. Je vous tiens autant que lui. Exé-
cutez-vous comme un joli maquignon.

Les fournisseurs mirent la main à la poche d'un
commun mouvement, et Tom Borne fit ample récolte.

— Voilà des négociants comme il faut! murmura-t-il
en comptant sa recette. N'êtes-vous point de la bande,
vous?ajouta-t-il en s'adressant au commodore.

Robert Davidson réfléchissait profondément depuis
quelques minutes. Il tira son portefeuille avec lenteur,
l'ouvrit de même, et y choisit une banknote de cent
livres sterling. Un instant il la tint entre l'index et le
pouce. Les narines de Tom Borne s'enflèrent.

Mais le commodore se frappa le front tout à coup en
homme qui trouve la solution d'une haute difficulté. Il

remit la banknote dans son portefeuille et le portefeuille dans sa poche, en disant :

— Vous saurez, l'ami, que je ne fais rien comme les autres.

Tom Borne laissa échapper un grognement et sortit comme il était entré, sans dire gare.

Christian s'approcha vivement du groupe des fournisseurs.

— Vous empêcherez désormais cet homme de parvenir jusqu'à moi, dit-il.

— C'est entendu, répondit Carter.

— Eh bien ! s'écria le commodore, puisque vous faites des charités de cinquante livres, vous n'avez pas besoin de mon héritage; c'est fâcheux ! Mais j'ai une autre idée; je donnerai toute ma fortune à lady Desdemone Bridgeton... Vous la connaissez, n'est-ce pas, monsieur Mac-Aulay ?

— Non, monsieur.

— C'est étonnant ! on m'avait rapporté... Moi, je ne la connais pas non plus.

— Et vous voulez lui donner toute votre fortune ? demanda Christian en souriant.

— Oui, monsieur, répliqua le commodore. Et ceux qui diront que ce n'est pas original sont des misérables, prévenus contre moi !

— Mais, s'interrompit-il froidement, et même avec une nuance de dépit, tous ces beaux projets tombent dans l'eau, monsieur Mac-Aulay, car il se trouve que miss Davidson ne s'est pas fait enlever.

Il étendit la main vers la porte principale, au seuil de laquelle la blonde Amy était debout, dans une attitude timide et embarrassée.

— La voilà! s'écria Christian.

— Venez, miss, venez, ajouta le commodore en lui faisant signe du doigt.

Amy s'élança aussitôt vers son père.

—Je vous cherche depuis bien longtemps, dit-elle.

Sir Edgard Lindsay entrait dans le salon par une autre porte.

Le commodore donna une bonne poignée de main anglaise à sa fille et se tourna vers Christian.

— Elle a dix-sept ans, monsieur Mac-Aulay, dit-il; je me suis marié très-jeune. Miss Davidson, nous parlions de vous, ajouta-t-il solennellement. Il est bien rare que vous n'occupiez pas ma pensée; seulement, je prétends être original au sein même de mon amour paternel... Bonjour, sir Edgard! s'interrompit-il.

Le jeune homme s'inclina et ouvrit la bouche pour faire le compliment d'usage, mais Robert Davidson l'arrêta d'un geste.

— Messieurs, s'écria-t-il en regardant tour à tour Edgard et Christian, vous connaissez-vous? Non? Alors j'aurai l'honneur de vous présenter l'un à l'autre.

Il se plaça entre eux, droit et roide; il souleva son

chapeau d'environ deux pouces et respira fortement; puis il recula d'un pas; puis encore, avec un recueillement profond, il prononça la formule consacrée de la présentation anglaise :

— Monsieur Mac-Aulay, sir Edgard Lindsay!... Sir Edgard, monsieur Christian Mac-Aulay!

Sur ce, d'ordinaire, chacun des deux présentés soulève son chapeau imperceptiblement et mâchonne deux ou trois paroles inintelligibles. Parfois, si c'est après dîner, on s'écrase mutuellement la main en disant : « Enchanté! »

Il y a même des gens de peu qui se promènent incontinent bras-dessus bras dessous.

Sir Edgard et Christian se regardèrent en face, immobiles tous deux et tous deux souriant d'une façon étrange.

— Monsieur, dit Edgard le premier, je suis ravi de me rencontrer avec vous.

— Moi aussi, monsieur, répliqua Christian, qui salua.

Edgard rendit le salut.

— J'avais précisément à vous parler, reprit-il.

— Moi aussi, monsieur, dit encore Christian.

— Comme ça se trouve! s'écria le commodore; ne vous gênez pas! je serais désolé d'être indiscret!

Amy jeta un coup d'œil suppliant à Edgard, qui détourna la tête et suivit Christian à l'écart.

Jane entrait en ce moment, au bras de son cavalier officiel, le maître des cérémonies. Christian devint pâle en la voyant. Jane fit un coude pour se rapprocher de lui et lui dit tout bas, sans s'arrêter :

— Je viens faire votre affaire auprès du commodore.

— Merci ! répliqua le lion sèchement.

Jane passa; un sourire narquois se jouait autour de ses lèvres roses. Le commodore avait pris le bras de sa fille et la promenait dans le salon. La pauvre Amy, toute tremblante, ne perdait pas un instant de vue Edgard et Christian.

Il y avait des gens plus inquiets encore, s'il est possible, que la blonde Amy. M. Carter, M. Staunton M. Lewis, M. Filowski et compagnie suivaient tous les mouvements de leur bien-aimé lord avec une sollicitude inexprimable. Si l'amour a des yeux de lynx, la cupidité est un télescope.

M. Carter avait dit en hochant la tête avec tristesse :

— Ce colloque n'annonce rien de bon !

Jane congédia le maître des cérémonies et vint droit au commodore.

— Monsieur Davidson? dit-elle.

— Lui-même, madame.

— J'aurais une communication à vous faire.

— Faites, madame.

— Une communication à vous seul.

Amy quitta le bras de son père. Ce n'était pas pour obéir

au vœu exprimé par les dernières paroles de Jane, c'était parce que sir Edgard venait d'élever la voix à l'autre bout du salon. Amy venait de l'entendre dire, avec l'accent de la colère :

— Je vous en offre autant absolument, monsieur!

Et Christian avait fait un geste que miss Amy traduisait ainsi :

— Plus bas, monsieur! nous ne sommes pas seuls!

On ne les entendait plus. Miss Davidson mourait de peur. M. Carter disait à ses confrères épouvantés :

— Ils se querellent, c'est trop évident!

Jane, aux prises avec le commodore, débuta ainsi, pour faire les affaires de son Christian :

— Monsieur, vous accordez beaucoup de confiance à M. Mac-Aulay.

— Beaucoup de confiance, madame, beaucoup d'estime, beaucoup d'admiration.

— Vous avez tort, monsieur.

— Madame, je suis étonné, véritablement. M. Mac-Aulay a tué cent trente tigres...

— Eh! monsieur, s'écria Jane, qui haussa les épaules avec pitié, M. Mac-Aulay n'a rien tué du tout!

Le commodore lui rendit dédain pour dédain.

— Il paraît, murmura-t-il en s'inclinant, que madame ne lit pas les papiers publics.

— Le moins que je peux, monsieur.

— C'est cela. Si madame lisait les papiers publics...

— Ah çà ! commodore, répondit Jane, vous croyez donc aux journaux?

— La presse, madame, déclama aussitôt Robert Davidson en faisant appel à sa mémoire, la presse, dans un pays constitutionnel, peut être regardée... oui, certes... et j'irai jusqu'à dire doit être regardée comme un rouage nécessaire ou plutôt comme un contre-poids indispensable...

Pendant qu'il cherchait la fin de cette phrase laborieuse, Jane prononça du bout des lèvres :

— Monsieur, les journaux ne contiennent que des mensonges.

« Cette femme a de l'aplomb, pensait le commodore; elle ne manque pas d'originalité. »

— Pour parler ainsi des journaux, madame, reprit-il tout haut, pour outrager ces grandes entreprises qu'un penseur éminent a nommées le pain quotidien de l'intelligence, il faudrait au moins...

— Les connaître, n'est-ce pas?

— Précisément, madame.

— Eh bien! monsieur, je ne les connais que trop.

— Vous m'avez avoué tout à l'heure que vous ne les lisiez jamais.

— Je fais pis, je les rédige.

Le commodore regarda sa belle compagne en dessous et trouva qu'il y avait en elle quelque chose de réellement excentrique; cependant, une inquiétude le prit, lui le second César, le vice-lion; il eut peur de se compromettre avec un bas-bleu de quinzième ordre.

— Madame, dit-il avec un peu de défiance, je désirerais savoir à qui j'ai l'honneur de parler?

— Je suis lady Bridgeton, monsieur, répondit Jane.

Ils se trouvaient tous deux à l'extrémité du salon, non loin de l'endroit où Edgard et Christian poursuivaient leur entretien confidentiel.

Au nom de lady Bridgeton, Edgard tressaillit vivement et se retourna.

— Par exemple, voilà qui est un peu fort! pensa-t-il tout haut en se penchant pour regarder Jane de plus près. Je ne rêve pas! Que veut dire ceci?

— Pardieu! monsieur, s'écria Mac-Aulay qui lui saisit le bras pour le forcer à l'écouter, vous avez eu tout le temps de regarder cette dame dans le parc du prince de Galles!

— Cette dame!... moi?... répliqua Edgard de plus en plus ébahi, dans le parc du prince de Galles!...

— Réglons nos conditions, je vous prie, interrompit Mac-Aulay péremptoirement.

Le commodore avait fait un saut en arrière et tenait ses mains jointes dans l'attitude de l'adoration.

— Lady Desdemone Bridgeton! s'écria-t-il avec une inflexion de voix qu'il ne faut point essayer de noter, l'auteur de *David Rizzio!* M'accuseriez-vous de grossièreté si je me servais de mon binocle pour mieux vous

voir, madame? Dix-huit ans! c'est surtout l'arcade sour-
cilière qui flamboie d'originalité!

Il mit la main sur son cœur qui avait une défaillance
et frotta languissament les verres de son lorgnon. Puis il
lança un regard rapide vers la glace voisine pour voir si
ses favoris gardaient la symétrie convenable.

— Madame, madame, reprit-il, j'ai lu votre dithyrambe
contre l'empereur de Russie :

> Marche, les pieds dans le sang, bourreau des Polonais,
> Cosaque à la taille sanglée!...

Et vos vers sur l'Irlande :

> Pleure, pauvre Erin, pauvre Erin, bois tes larmes!
> Où est l'épée de tes géants?...

Et votre élégie de la *jeune Grecque!* et vos articles sur
la taxe des pauvres! Je suis très-ému, madame! « Quand
le nègre Milo revint à l'habitation, il trouva le cadavre
d'Iphigénie, sa femme, étendu sous les bananiers; elle
était belle encore et le trépas ne lui avait point ôté son
sourire. L'enfant mulâtre jouait dans les jeunes tiges de
cannes. » Et le reste! Dix-huit ans!

Il atteignit précipitamment son carnet qu'il laissa
tomber à terre dans son désordre.

— Permettez! s'écria-t-il en essayant d'écrire avec le
bout de son crayon qui n'était point taillé, permettez que

j'inscrive cette date mémorable : Aujourd'hui j'ai causé familièrement avec lady Desdemone Bridgeton et avec Christian Mac-Aulay!

Il avait les larmes aux yeux. Tout à coup il se redressa et poursuivit d'un ton ferme :

— Milady, très-certainement, si ma recherche vous agrée, je vous épouserai!

Jane faisait de vains efforts pour garder son sérieux. Elle arrêta le commodore au moment où il allait se précipiter à ses genoux devant tout le monde. Robert Davidson ne se connaissait plus; il balbutiait, dans le délire de sa passion :

— Je suis un original! Demandez à Carter que voilà si je ne suis pas un original! Demandez à tous ces messieurs! Je m'appelle un peu David comme votre Rizzio.

— Au pistolet, à dix pas, prononça tout bas Christian.

— C'est convenu, répondit Edgard de même.

Amy se retint à l'angle d'une console pour ne pas tomber à la renverse.

— Nous voilà ruinés! dit Carter.

Staunton blasphémait, Lewis se tordait les bras, Filowski, nature plus tendre, sanglotait silencieusement.

L'orchestre de la salle de bal frappa ses premiers accords. Jane, toujours souriante, quoiqu'elle n'eût rien perdu de ce qui se passait autour d'elle, donna sa blanche main au commodore qui l'effleura de ses lèvres avec ivresse.

— Me croirez-vous, maintenant? demanda-t-elle.

En ce moment Edgard et Christian se séparèrent après avoir échangé une vigoureuse poignée de main.

— Nous sommes d'accord, dit Edgard, à bientôt!

— A bientôt! répéta Christian.

Amy trouva la force de s'élancer vers son père.

— Ils vont se battre, monsieur! s'écria-t-elle d'une voix étouffée par l'angoisse.

— Ah! diable, fit le commodore, je tâcherai d'être témoin.

X

Un homme bien gardé.

Le jour était levé depuis une heure à peine et les
abords fashionables de Belgrave-Square étaient encore
déserts. Un coupé, bas sur roues, après avoir longé les
jardins du palais, tourna l'angle de Chester-Street et
s'arrêta devant une maison d'élégante apparence qui
tenait à peu près le milieu de la rue; un personnage tout
de noir habillé sauta sur le trottoir et fit jouer vigoureu-
sement le marteau.

Belgrave-Square est un quartier diplomatique; c'est le

faubourg Saint-Honoré de Londres. La maison de Chester-Street pouvait fort bien loger un ambassadeur; quant au personnage qui descendait de voiture, sa figure pensive et pâle, ses traits contractés par la méditation, disaient assez quels graves intérêts pesaient sur lui. Certes, ce n'était pas une affaire ordinaire qui pouvait jeter sur le pavé de Londres, à pareille heure, un homme de cette importance.

— Il y avait sans doute du nouveau dans les chancelleries; cet homme pâle et soucieux sentait peut-être trébucher l'équilibre européen.

A l'appel retentissant du marteau, un groom en veste rouge vint ouvrir.

— M. Mac-Aulay, John? demanda le nouveau venu d'une voix brève et saccadée.

— Bonjour, monsieur Lewis, fit le groom au lieu de répondre. Comment vous portez-vous?

— Ton maître, malheureux! ton maître! s'écria Lewis dont la figure avait une expression véritablement tragique.

— Eh bien! dit John paisiblement, mon maître est parti une heure avant le jour avec sa boîte de combat.

Lewis poussa un cri étouffé.

— Il devait rejoindre l'autre petit gentleman, poursuivit John, derrière Primrose-Hill...

— Et se battre? interrompit Lewis qui entra brusquement et se jeta sur un fauteuil, se battre; au mépris des lois divines et humaines! au risque de ruiner plusieurs négociants respectables? Quelle heure est-il, John? Je vous prie de me servir un verre de sherry, car il y a de quoi tomber en défaillance.

On entendit dans la rue un bruit de voiture, et M. Lewis, malgré sa faiblesse, ne fit qu'un bond jusqu'à la porte. La voiture passa; le tailleur à la mode revint s'asseoir tristement et but son verre de xérès avec une amère mélancolie.

— Ouvrez-moi le salon, John, dit il, je pourrai au moins guetter par la fenêtre. Soyez tranquille, si Mac-Aulay revient, je rentrerai dans l'antichambre.

Le salon de Christian Mac-Aulay était meublé tout naturellement à l'indienne et avec une rare magnificence. Tout y rappelait le tueur de tigres. Le sol disparaissait sous les fourrures épaisses; des armes bizarres pendaient en trophées aux lambris; un tigre et une tigresse, empaillés par Tooley, semblaient garder la porte principale. Puis, tout autour de la chambre, c'étaient des gouaches aux robustes couleurs, représentant les exploits les plus remarquables du Nemrod moderne. On voyait Mac-Aulay dans toutes les positions : tantôt accroupi dans les hautes herbes, tantôt perché au sommet d'un arbre. On le voyait ici sur un magnifique cheval, là sur un éléphant de Siam à la trompe recourbée; plus loin l'artiste l'avait endormi dans une caverne de tigres; plus loin encore ce même artiste à l'imagination pleine de fantaisie et de hardiesse, le précipitait du haut d'un rocher en même temps qu'une douzaine de tigres.

Ce dernier tableau représentait Mac-Aulay entre ciel et terre; les tigres, lancés comme lui dans l'espace, subissaient des convulsions extraordinaires. Le spectateur haletant se demandait quel allait être le sort de ce pauvre gentleman et de ces malheureux animaux. La gravure de ce tableau s'était vendue à trente mille exemplaires. Le commodore Davidson en possédait une épreuve avant la lettre.

— Et vous croyez, John, disait tristement M. Lewis en roulant un fauteuil contre la fenêtre, et vous croyez qu'on a tout cela pour rien? Je ne veux pas faire le compte de ce que nous a coûté ce garçon-là. Depuis trois jours que nous avons quitté Brighton, rien que pour la police, j'ai mis plus de trois cents livres hors de la caisse !

— Pour la police? répéta John, qui regarda le tailleur de travers.

— Ne fallait-il pas empêcher ce diable de duel? s'écria Lewis. Le secrétaire de Bow-Street a déclaré que tout Anglais était libre de se couper la gorge. L'intendant a invoqué l'acte du parlement sur la paix publique... Ils ont failli se prendre aux cheveux dans le bureau... Heureusement, on m'a indiqué la sergenterie de Scotland-Yard, et moyennant finance, l'inspecteur Atkins s'est chargé de surveiller les deux gentlemen... mais il a envoyé ses hommes du côté de Greenwich, ce matin, et tu me parles de Primrose-Hill!

— Les deux extrémités de Londres, fit John froidement.

Lewis se tordit un peu les mains pour amuser son désespoir. Tout à coup il tendit l'oreille avidement.

— Chut! fit-il.

Les amants bien épris reconnaissent de loin le pas de la personne aimée; M. Lewis et ses associés savaient distinguer le roulement du cher tilbury de Mac-Aulay.

John secoua la tête en grommelant :

— C'est un tandem.

Lewis se frappa le front et demanda un autre verre de sherry.

— Une demi-heure pour gagner Primrose-Hill, pensa-t-il tout haut, une demi-heure pour revenir... S'il n'y avait pas eu de malheur, Mac-Aulay devrait être ici depuis longtemps.

— C'est mon avis, appuya John; les sergents de Scotland-Yard ont le bras long... mais de Greenwich à Glocester-Road...

M. Lewis se leva et parcourut la chambre à grands pas.

— Voilà un mois à peine que la tombe de Courtenay est fermée! déclama-t-il en levant les yeux au ciel; le destin s'acharne évidemment contre nous! Encore Courtenay succomba dans l'exercice de ses fonctions : il n'y a pas à lui en vouloir... mais ce Mac-Aulay que nous avons pris nu comme un ver! ce Mac-Aulay qui est le fils de nos œuvres! ce Mac-Aulay, monstre d'ingratitude et de perversité!...

— Chut! fit à son tour John.

Les imprécations de M. Lewis l'avaient empêché d'entendre le bruit d'une voiture qui venait d'enfiler la rue; le marteau de la porte retentit fortement.

— C'est lui, dit John.

Lewis appuya ses deux mains contre son cœur et faillit tomber à la renverse. Il passa ses doigts dans ses cheveux et déboutonna sa redingote pour montrer son linge. Sa figure, tout à coup radieuse, avait pris une expression de respect.

— J'ai prononcé des paroles bien légères, John, dit-il, et je n'aurais pas dû entrer dans le salon de M. Mac-Aulay sans sa permission. Tout cela vaut quelque chose pour vous : voici une livre et n'en parlons plus. Ouvrez!

Il avait refermé la porte du salon.

Mac-Aulay entra comme un fou et jeta sa boîte de combat sur une table.

— On parle de la Russie, s'écria-t-il, on dit que c'est un pays d'esclavage! Je suis bien sûr, moi, qu'il n'y a pas tant de sergents, pas tant d'inspecteurs, pas tant de coquins à plaque et à baguette à Saint-Pétersbourg qu'à Londres! C'est honteux!

Une voix douce et soumise répéta dans un coin de l'antichambre :

— C'est honteux!

— Qui est là? demanda brusquement Mac-Aulay. Ah!
c'est vous, monsieur Lewis? Je suis content de vous
voir. Il me faut de l'argent pour faire un tour en
Écosse.

— Nous sommes à vos ordres, comme toujours,
répondit le tailleur, qui s'avança le chapeau à la main.

Christian tenait le bouton de la porte du salon; il jeta
sur Lewis un regard soupçonneux.

— Pourquoi êtes-vous ici à cette heure ? demanda-
t-il.

Lewis eut un sourire paternel.

— Nous avions appris, répondit-il, que notre cher
lord avait quelques embarras d'espèce particulière. Et
comme chacun de nous a dans sa clientèle des personnes
attachées à l'administration, je venais offrir d'employer
notre faible influence...

— M. Lewis me disait cela, interrompit John, et je
n'ai pas cru devoir lui fermer la porte.

— Passez au salon, Lewis, dit le lion. John, je n'y
suis pour personne. Et s'il venait quelque figure, tu
m'entends? Je suis parti pour Calais par le paquebot de
ce matin.

— Comment! s'écria Lewis en jouant l'effroi au natu-
rel, est-ce que vous iriez jusqu'à craindre...?

— Je crains tout. Le diable s'en mêle! Et si je pouvais
penser que vous êtes pour quelque chose là dedans, vous
autres!...

—Ah! milord, interrompit Lewis d'un accent pénétré, vous connaissez bien mal nos cœurs!

Christian se jeta dans le fauteuil occupé naguère par le tailleur.

— Voici ce qui m'arrive, dit-il; vous allez juger s'il n'y a pas de quoi devenir fou! Nous étions convenus d'une chose toute simple, sir Edgard et moi, l'autre jour à Brighton : nous devions nous battre au pistolet à dix pas.

— A dix pas! répéta Lewis en frémissant.

— Vous comprenez, poursuivit le tueur de tigres, que cela ne souffrait pas la moindre difficulté. Le rendez-vous était sur la grève, à deux lieues de la ville, dans un endroit que j'avais choisi moi-même, la veille, en me promenant, un véritable désert! Quand nous arrivâmes avec nos témoins, il y avait sur les rochers tout un bataillon d'employés de l'excise qui faisaient semblant de guetter des contrebandiers.

Lewis tourna la tête pour cacher un orgueilleux sourire.

— Nous remontâmes en voiture, continua Christian, pour gagner les bois qui sont derrière le parc. J'avais souvent admiré la solitude de ces belles futaies.

— Oh! dit Lewis avec bonhomie, il y a où se battre assurément dans les bois du prince de Galles!

— C'est ce qui vous trompe! s'écria Mac-Aulay; tous les gardes forestiers du canton s'étaient donné rendez-vous sur notre route. Les uns étaient à pied pour entrer sous le couvert en même temps que nous, les autres étaient à cheval et piquaient des deux quand nos équipages prenaient le galop.

— Mais c'était donc une gageure? fit Lewis.

— Les drôles avaient l'air de rire en voyant notre embarras, et chaque fois que nous nous arrêtions, ils se groupaient à deux ou trois cents pas de distance comme pour nous narguer. De guerre lasse, nous reprîmes le chemin de Brighton et nous trouvâmes tout le long de la route des gardes dans les bois, des douaniers sur la grève qui nous saluaient avec un respect moqueur.

« Jolie petite histoire, pensa Lewis, mais qui nous a coûté bien cher! »

— En arrivant à Brighton, reprit Mac-Aulay, je dis à sir Edgard: Partie remise! Il fut convenu que nous partirions pour Londres et que nous y prendrions d'autres témoins pour dérouter l'attention.

— Dieu sait qu'il y a tous les jours des duels à Londres! fit observer le bon M. Lewis, personne ne songe à s'en inquiéter.

— Je le croyais, dit Christian, quelle erreur! Le lendemain, nous nous rendîmes derrière le parc de Chelsea. Il y avait un agent de police sous chaque buisson.

— Voilà qui est bien étrange! prononça Lewis le plus sérieusement du monde.

— Nous passâmes la rivière, creyant nous cacher sous Battersea : les agents y étaient avant nous. C'était une gageure, comme vous dites; nous jurâmes de n'en point avoir le démenti. Le lendemain, avant le jour, nous traversions le parc de Victoria pour gagner Homerton. Nous avions pris des voitures de place et nous en étions à nous féliciter déjà, lorsque les hommes à baguette surgirent autour de nous comme par enchantement. « Si vous m'en croyez, messieurs, nous dit l'inspecteur, vous n'irez pas plus loin pour aujourd'hui; l'air est vif et vous avez gagné ce qu'il faut d'appétit pour déjeuner comme des anges. »

— Ma parole, grommela Lewis qui avait grand'peine à s'empêcher de rire, ces marauds font de l'esprit à présent! c'est intolérable!

— L'idée m'est venue de lui casser la tête tant j'étais outré!... Ce matin, sir Edgard et moi nous avons fait une dernière tentative derrière Primrose-Hill. En le quittant, j'avais dit entre haut et bas: A «Greenwich, monsieur!» et je croyais avoir dérouté mes drôles. Mais ce sont de vrais limiers qui ne se laissent point donner le change : dès le point du jour, ils fumaient leur cigare le long du canal du Régent. « Eh bien, monsieur Mac-Aulay, m'a dit l'inspecteur comme s'il eût parlé à une vieille connaissance, vous voici donc arrivé le premier? Je vous prie de croire que vous ne vous lèverez jamais plus matin que nous. »J'ai voulu le prendre cette fois par les sentiments et j'ai tiré mon portefeuille en lui donnant du cher monsieur. « Fi donc! s'est-il récrié; nous avons, Dieu merci, les mains nettes! » De ses mains nettes ou non, il a néanmoins pris deux ou trois banknotes de cinq livres que je lui tendais. « Puisque vous êtes un homme comme il faut, a-t-il repris, je vais vous parler à cœur ouvert, monsieur Mac-Aulay. La police ne peut passer son temps à courir ainsi après vous, il faut être juste. Il y aura aujourd'hui même un warrant décerné contre vous pour la paix publique... Croyez-moi bien votre serviteur. »

— Un warrant! répéta M. Lewis d'un air épouvanté.

Il ajoutait à part lui :

« Du diable si on ne ferait pas croire à ces beaux fils que les vessies sont des lanternes!»

—Que faire? reprit Christian qui croisa ses bras sur sa poitrine.

— Le plus sage serait peut-être de renoncer à ce duel...

— Jamais! interrompit le lion fièrement.

— Bien, bien! fit Lewis avec douceur. J'ai cru que notre cher lord me demandait un conseil.

— Je suis revenu prendre ici mes papiers et je pars pour l'Écosse. Sir Edgard est averti. Je veux gager que les inspecteurs et les sergents ne nous suivront point dans la montagne.

— Savoir! murmura M. Lewis. Mais je n'ai point d'observation à faire, et si vous voulez, je vais vous conduire moi-même au chemin du Nord.

Christian réfléchissait.

— Peut-être vaudrait-il mieux prendre la route de Douvres, pensait-il tout haut, et passer sur le continent?

— A votre volonté. Je vais vous conduire au chemin de Douvres.

— Quel est votre avis, à vous, monsieur Lewis?

Le tailleur se leva en homme qui reçoit une grande confiance; il salua par deux fois et dit :

— Notre intérêt évident est que Votre Seigneurie ne quitte point Londres; mais nous sacrifierons toujours volontiers nos intérêts pour vous être agréable. Vous n'êtes plus en sûreté ici à cause du warrant, voici la chose certaine. Montons en voiture, je vous offre ma maison comme asile temporaire; vous réfléchirez une heure, deux heures, le temps que vous voudrez, puis je vous ouvrirai ma caisse et vous choisirez à loisir votre destination.

— Montons en voiture, répéta Christian. Je vous remercie, monsieur Lewis. Vous chargerez-vous de prévenir sir Edgard?

— Parfaitement.

— Eh bien! vous êtes un excellent homme! dit Christian qui lui serra la main, et je ne n'aurais pas attendu tout cela de vous!

L'instant d'après, le coupé de M. Lewis brûlait le macadam de Grosvenor-Place, enfilait au galop Piccadilly et s'arrêtait sous la colonnade du Quadrant. Le tailleur et son illustre client descendirent sans exciter l'attention du policeman paisible qui se promenait à l'ombre derrière les vilains piliers; ils s'engagèrent dans une allée étroite, montèrent un escalier de service et se trouvèrent bientôt dans les appartements privés de M. Lewis.

— Nous voilà sauvés! s'écria celui-ci avec une joie sincère. Vous êtes ici à l'abri, mon cher lord, et si vous le permettez, je vais faire servir à déjeuner.

Le cher lord eut la bonté d'octroyer la permission demandée; il examina la chambre et la trouva fort convenable pour passer une heure ou deux. Lewis sortit et se frotta les mains tout le long du corridor.

— Sam, dit-il à son valet de chambre, et ce n'était pas un petit personnage que le valet de chambre de M. Lewis, vous allez porter au gentleman qui est dans mon appartement, la terrine de foie gras, du champagne, des sandwichs et du thé. N'oubliez pas la grande pipe et le tabac des îles. Vous pouvez lui demander s'il veut des livres et des journaux; mais ne causez pas trop avec lui, Sam, car ce gentleman a la cervelle un peu dérangée...

— Bah! fit le valet de chambre.

— Oui, c'est malheureusement vrai. Et sa folie consiste à battre les gens qui restent trop longtemps avec lui. Allez, Sam.

Sam se rendit à l'office avec une répugnance manifeste. Il ne manqua pas de dire à ses camarades que M. Lewis

avait un fou dans sa chambre à coucher. Au bout
de quelques minutes, il apporta le plateau chargé qui
contenait tout : le foie gras, le champagne, le thé, le
tabac, les livres, les pipes et les journaux. Dans sa
sagesse, le valet de chambre de Lewis avait jugé que
c'était le meilleur moyen de ne point trop parler au gentleman. Il déposa le plateau sur la table et s'enfuit à
toutes jambes.

M. Lewis l'attendait dans le corridor.

— C'est bien, Sam, dit-il, vous vous en êtes tiré à
bon marché, mon garçon.

— Le fait est que ce gentleman a une terrible mine!
balbutia le valet de chambre tremblant.

M. Lewis tourna deux fois la clef dans la serrure.

— Mon cher lord, cria-t-il à travers la porte, je
vous enferme pour qu'on ne vienne point vous déranger.

Sam approuva très-fort la précaution, et M. Lewis
rentra dans ses magasins avec une figure rayonnante de
bonheur.

« Si Carter a manœuvré avec le petit Edgard aussi
adroitement que moi avec Mac-Aulay, pensait-il en se
frottant doucement les mains, nous sommes à tout jamais
hors de peine! »

FIN DU PREMIER VOLUME

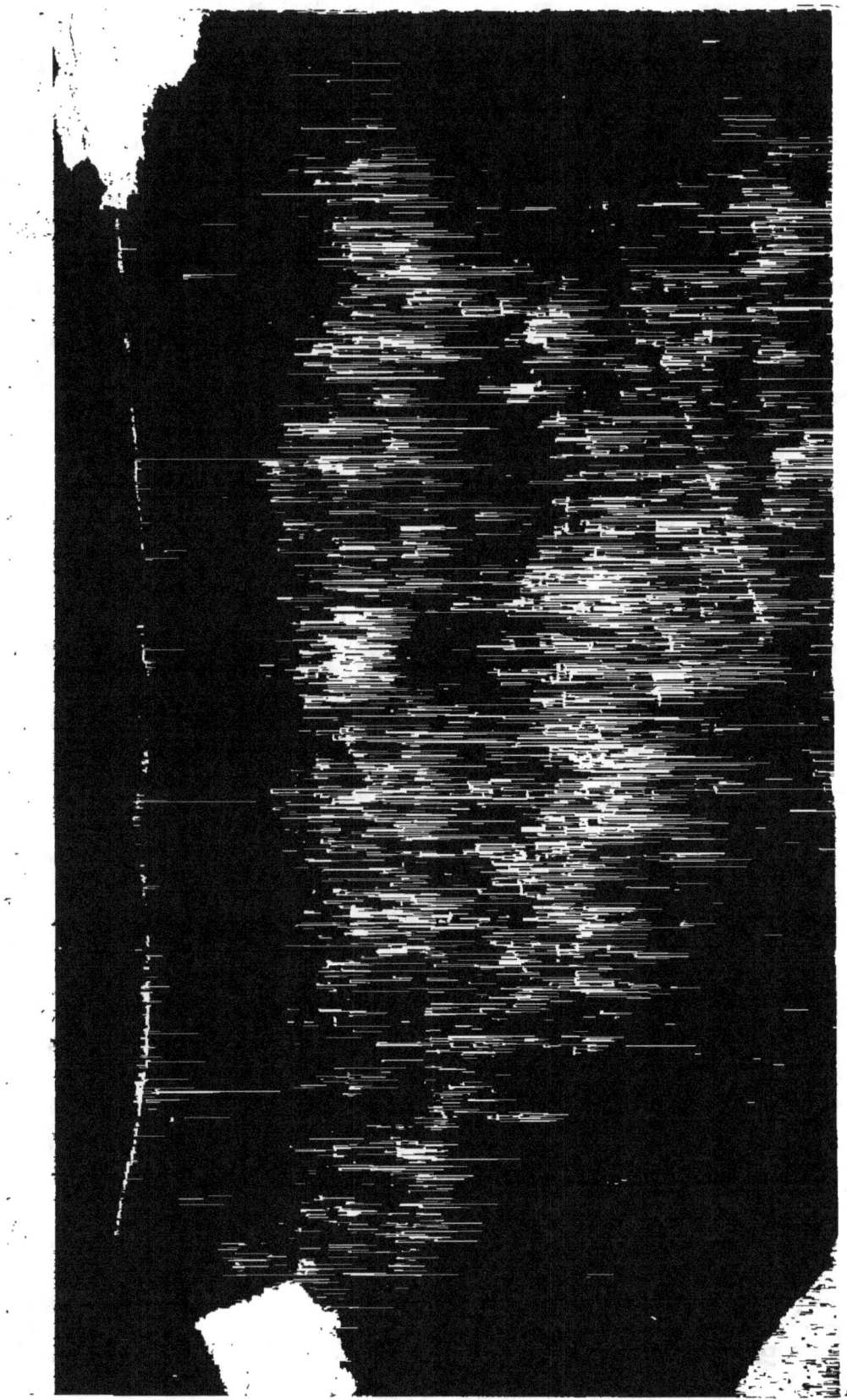

Nouvelles Publications:

A. DUMAS.

Isaac Laquedem, 5 v. p.
Parson d'Ashbourn, 6 v.
Le dernier Roi des Français
   (Louis-Philippe), 7 v.
Dieu et Diable, 5 v.
Mémoires d'A. Dumas. 1 à 19.
Olympe de Clèves, 7.
Dieu dispose, 8.
Mémoires d'un Médecin, 9.
Le Collier de la Reine, 7.
Ange Pitou, 6.
La Comtesse de Charny
   (suite), 8 v. p.
Deux Diane, 9 v.
Louis XVI, 5.
Vicomte de Bragelonne, 18.
Les trois Mousquetaires, 5 v.

É. SOUVESTRE.

Récits et Souvenirs, 1 v.
Les Clairières. 1 v.
Le Foyer breton, 2 v.

A. MAURAGE.

La Marquise de Rumini, 2 v.

A. PICHOT.

Contes de Ch. Dickens, 1 v.

Mme CH. REYBAUD.

La dernière Bohémienne, 2 v.

ALP. KARR.

Les Femmes, 1 v.

A. DE GONDRECOURT.

Prétendants de Catherine, 4.

BARON DE BAZANCOURT.

La Princesse Pallianci, 4 v.

CH. DESLYS.

La dernière Grisette, 1 v.

L. GOZLAN.

Les Aventures du Prince de
   Galles, 4 v.

E. SUE.

Mystères du Peuple, 16 v. p.
Fernand Duplessis, 4 v.
Mémoires d'un Mari, 5 v.
Un Mariage d'Inclination, 1 v.

TOPFFER.

Voyages en Zigzag, 5 v.
Nouvelles Genevoises, 2 v.
Rosa et Gertrude, 1 v.

G. SAND.

Les Maîtres Sonneurs, 5 v.
La Filleule, 5 v.

CH. P. DE KOCK.

La Mare d'Auteuil, 5 v.

H. P. DE KOCK.

Minette, 2 v.

F. SOULIÉ.

Le Veau d'Or, 8 v.

COMTESSE DASH.

Quatorze de Dames, 2 v.

FOUDRAS.

Un grand Comédien, 5 v.
Le Chevalier d'Estagnol, 6 v.

MONTÉPIN.

La Reine de Saba, 2 v.
L'Épée du Commandeur, 2 v.
Mademoiselle Lucifer, 2 v.
Le club des Hirondelles, 5 v.
Un Fils de famille, 2 v.
Un Roi de la mode, 2 v.

É. BERTHET.

Les Plaies de famille, 2 v.

MAQUET.

Le comte de Lavernie, 6 v.

H. HEINE.

Les Dieux en Exil, 1 v.

H. MURGER.

Adeline Protat, 5 v.

www.ingramcontent.com/pod-product-compliance
Lightning Source LLC
Chambersburg PA
CBHW051137260626
47170CB00005B/1862